फ़िराक़ साहब के क़िस्से बहुत सारे हैं, बहुत मशहूर हैं और बहुत मज़े के हैं। हमें अपने आस- पास अक्सर सुनाई देते हैं। इन क़िस्सों को सुनाकर कोई गुफ़्तगू में असर पैदा कर रहा होता है, कोई महफ़िल लूट रहा होता है। ये क़िस्से हमारी ज़बानी रिवायत का हिस्सा बनकर सीना-ब-सीना आगे बढ़ते रहते हैं। सलमान साहब ने ये शानदार काम कर डाला। बड़े जुनून और इंहिमाक के साथ। फ़िराक़ साहब के क़िस्से जब मिले, जहाँ मिले, जैसे मिले, उन्हें जमा किया और एक किताब की शक्ल दे दी। अब जो मेरी तरह क़िस्सों में जीने मरने वाले लोग हैं, उन्हें फ़िराक़ साहब के अनगिनत यादगार क़िस्से इस एक किताब में मिल जायेंगे। इस किताब को पढ़ने के बाद फ़िराक़ साहब आपके थोड़ा और, थोड़ा और क़रीब आ जायेंगे। ज़बानी रिवायत का एक बहुत क़ीमती ज़ख़ीरा सलमान ने सहेज लिया है और हमेशा के लिए महफ़ूज़ कर लिया है।

—डॉ. हिमांशु बाजपेयी

क़िस्सागो, लखनऊ

AF795422

क़िस्से फ़िराक़ के

सलमान शम्सी

वाणी प्रकाशन

प्रकाशन के उत्कृष्टतम 63 वर्ष

vaniprakashan.com

पेपरबैक पहला संस्करण : 2026

वाणी प्रकाशन

4695, 21-ए, दरियागंज, नयी दिल्ली-110 002

फ़ोन : + 91 11 23273167, 23275710

शाखाएँ

अशोक राजपथ, पटना-800 004, बिहार

कॉफ़ी हाउस कैम्पस, महात्मा गांधी मार्ग, प्रयागराज-211 001, उत्तर प्रदेश

महात्मा गांधी अन्तरराष्ट्रीय हिन्दी विश्वविद्यालय, वर्धा-442 001, महाराष्ट्र

sales@vaniprakashan.in
vaniprakashan@gmail.com

Qisse Firaq Ke
by Salman Shamsi

ISBN : 978-93-7348-276-7
Memories

मूल्य : ₹ 299

आर. टेक ऑफ़सेट, दिल्ली-110 032 में मुद्रित

वाणी प्रकाशन का लोगो मक़बूल फ़िदा हुसैन की कूची से

बेहद प्यारे भाई प्रणव मिश्र 'तेजस्' को सप्रेम भेंट!

फ़िराक़ साहब
1960 के आसपास की एक तस्वीर
(आभार–राशिद अशरफ़)

अनुक्रम

प्रस्तावना

रघुपति सहाय 'फ़िराक़ गोरखपुरी' विशाल शख़्सियत के हामी थे। उनका व्यक्तित्व न सिर्फ़ विशाल था बल्कि तहदार भी था। उर्दू अदब के बहुत से बड़े समालोचक उन्हें मीर और ग़ालिब के बाद ग़ज़ल का सबसे बड़ा शायर मानते हैं। स्वर्गीय शमीम हनफ़ी साहब ने ख़ुद इस बात को तस्लीम किया है कि फ़िराक़ गोरखपुरी जैसी ज़हानत उर्दू के कम ही शायरों के हिस्से आयी है। फ़िराक़ न सिर्फ़ उर्दू शायरी पर उबूर रखते थे, बल्कि अंग्रेज़ी अदब, वेद, शास्त्र, फ़लसफ़े और ऐसे तमाम विषयों पर भी उनकी पकड़ बेमिसाल थी। हरिवंशराय बच्चन जी ने अपनी आत्मकथा में फ़िराक़ साहब के व्यापक ज्ञान और विविध विषयों पर प्रभावशाली बातचीत करने की कला का विस्तार से उल्लेख किया है। फ़िराक़ साहब की इस कला को मैंने बहुत क़रीब से देखा है। आख़िर वो मेरे नाना थे। बचपन में ग़लत तलफ़्फ़ुज़ पर उनसे कई बार डाँट खाई, लेकिन जब बड़ा हुआ और मेरी पोस्टिंग इलाहाबाद हुई, तो अक्सर उनसे अनेक विषयों पर बातचीत होती और इस दौरान मुझे एहसास हुआ कि उनके ज्ञान की गहराई कितनी विलक्षण थी। अदब, फ़लसफ़े, इतिहास या इन्सानी मनोविज्ञान, कोई भी विषय ऐसा नहीं था जिस पर वो बेझिझक बात न कर सकते हों।

फ़िराक़ साहब की एक और आदत थी। वह अपने बारे में और दूसरों के बारे में क़िस्से और कहानियाँ गढ़ते थे। ये कहानियाँ कभी-कभी आंशिक सच पर खड़ी की जातीं और कभी-कभी मनगढ़ंत होती थीं। बहुत बार वे शील-अश्लील के दायरों को भी पार कर जाती थीं। फ़िराक़ द्वारा गढ़ी गई कहानियों

और क़िस्सों की तादाद हज़ारों में थी, मगर अफ़सोस कि अब वे कहीं मिलते नहीं। हाँ, उनकी हाज़िरजवाबी के कुछ मशहूर क़िस्से आज भी सुनने को मिल जाते हैं, लेकिन वे भी बस दस-बीस तक सीमित हैं। ये क़िस्से हिन्दी और उर्दू के पाठकों के बीच अब भी प्रचलित हैं।

सलमान शम्सी ने इन क़िस्सों को संकलित और सम्पादित करने का बीड़ा उठाया था जो अब पूरा हुआ। पिछले वर्ष ये मुझसे मिलने पटना आए थे। उस वक़्त ये 'बातें फ़िराक़ की' इंटरव्यू सीरीज पर काम कर रहे थे। उसी दौरान बातचीत में सलमान ने बताया था कि वो फ़िराक़ साहब के इर्द-गिर्द फैली कहानियाँ और लतीफ़े संकलित कर रहे हैं।

आज उनकी मेहनत एक किताब की शक्ल ले चुकी है और इसके लिए वे बधाई के पात्र भी हैं। फ़िराक़ साहब पर ऐसी किताब मेरी नज़रों से नहीं गुज़री। यह किताब उनकी शख़्सियत के उस पहलू पर रोशनी डालती है, जिसमें उनकी हाज़िरजवाबी और बातचीत को रोचक बनाने की कला पूरे विस्तार के साथ उभरकर सामने आती है। यह किताब साहित्य जगत में अनूठी है और निश्चित ही पाठकों को बेहद पसन्द आयेगी। इसको अवश्य ही पढ़ा जाना चाहिए। मेरी बहुत शुभकामनाएँ और आशीर्वाद।

—विश्व रंजन

पूर्व पुलिस महानिदेशक (छत्तीसगढ़ पुलिस)

सुपौत्र रघुपति सहाय 'फ़िराक़ गोरखपुरी'

मेरे फ़िराक़

सदियों सदियों ढूँढोगे लेकिन कहाँ फ़िराक़ को पाओगे?

फ़िराक़ को पाना अब वाक़ई नामुमकिन है। शायर ने अपने बारे में जो पेशीन-गोई की थी, आज वह पूरी होती नज़र आती है। फ़िराक़ को फ़क़त ढूँढा जा सकता है, पाया नहीं जा सकता। उन्हें आप किताबों में और लोगों के ज़हन में तलाश कर सकते हैं, लेकिन उन्हें मुकम्मल तौर पर पा लेना अब मुमकिन नहीं।

रघुपति सहाय 'फ़िराक़ गोरखपुरी' उर्दू के उन चन्द महान शायरों में शुमार होते हैं जिन्होंने उर्दू अदब को एक नई दिशा दी है। फ़िराक़ की शायरी जितनी मशहूर हुई उतनी ही मशहूर उनकी शख़्सियत और उनसे जुड़े क़िस्से भी हुए। फ़िराक़ साहब के छात्र रहे एक साहब बताते हैं कि उस ज़माने में फ़िराक़ साहब की प्रसिद्धि का आलम ये था कि लोग इलाहाबाद सिर्फ़ फ़िराक़ को देखने आया करते थे। फ़िराक़ से एक बार जो मिला वो उनको कभी न भूल पाया। जैसे इत्र की शीशी को मात्र छू लेने से ही उँगलियों पर कुछ ख़ुशबू बाक़ी रह जाती है यही मामला फ़िराक़ से मिलने वालों का रहा। जो जिस स्तर पर उनको छू पाया, पहचान पाया वो अपने साथ उनकी यादों की ख़ुशबू ले गया। फ़िराक़ साहब से अपने जीवन काल में मिलने वाले किसी भी शख़्स से आप मिलिए, वो फ़िराक़ से जुड़े दो चार क़िस्से आप को सुना ही देगा।

उर्दू अदब से वाक़िफ़ लोग जानते हैं कि उर्दू जगत में लतीफ़ों और क़िस्सों की एक रिवायत रही है लेकिन बहुत कम ही शायर ऐसे गुज़रें हैं जिनकी शायरी और लतीफ़े दोनों ही को बराबर पज़ीराई मिली हो। इक्कीसवीं सदी में

सर-ए-फ़हरिस्त नाम आता है फ़िराक़ साहब का और दूसरा मजाज़ लखनवी का। फ़िराक़ साहब को जानने वाले जानते हैं कि वो क्या बला का ज़हन रखते थे। बक़ौल प्रोफ़ेसर शमीम हनफ़ी उनके जैसा "conversationalist" (बातें करने वाला) पूरे हिन्दी/उर्दू अदब में कोई नहीं मिलता। सिर्फ़ वेद, शास्त्र, दर्शन और साहित्य पर ही उनकी गहरी पकड़ नहीं थी बल्कि मज़ाहिया क़िस्से सुनाना, नये लतीफ़े गढ़ना वो बख़ूबी जानते थे। हाज़िर जवाबी में तो उनका कोई सानी ही नहीं था।

यूँ तो फ़िराक़ साहब पर सैकड़ों किताबें लिखी जा चुकी हैं और आगे भी लिखी जाती रहेंगी। फ़िराक़ ऐसी शख़्सियत थे ही कि उन पर जितना लिखा जाये, उतना कम है मगर उनकी हाज़िरजवाबी और मज़ाहिया लतीफ़ों की किताब आपको नहीं मिलेगी। अपने प्रिय शायर को पढ़ते हुए और उन पर स्वतन्त्र रूप से शोध करते हुए मुझे ग्यारह वर्ष से अधिक हो चुके हैं। इस दरमियान सैकड़ों किताबें पढ़ीं और सैकड़ों लोगों से मुलाक़ातें कीं, जिनसे फ़िराक़ साहब की शख़्सियत को समझने में काफ़ी मदद मिली।

मैं न कोई शायर हूँ, न नक़्क़ाद, जो फ़िराक़ की शायरी पर बात करने का दावा कर सकूँ। मेरे जैसे अदना से तालिब-ए-इल्म की क्या मजाल, जो फ़िराक़ गोरखपुरी जैसे अज़ीम शायर की शायरी पर राय दे? जबकि उनके बारे में ख़ुद शायर-ए-इंक़लाब जोश मलीहाबादी फ़रमा गये हैं–

"फ़िराक़ की शायरी हिन्दुस्तान के माथे का टीका है।"

हाँ! मैंने तो बस इस बात की कमी महसूस की है कि फ़िराक़ की शख़्सियत को जानने के लिए आपको कम ही किताबे मिलेंगी। उनसे जुड़े अनेकों सच्चे-झूठे क़िस्से आप को लोगों की ज़बान पर मिल जायेंगे लेकिन उनका तहरीर शुदा रूप आपको नहीं मिलेगा।

मैंने तो अपने स्तर पर यही जाना है कि फ़िराक़ की शख़्सियत किसी महासागर से कम नहीं। जो भी इस महासागर में उतरेगा अपने हिस्से का मोती ज़रूर पायेगा। यह किताब मेरे हिस्से का मोती है और इसको लिखना इसलिए ज़रूरी था ताकि फ़िराक़ साहब से जुड़े जितने भी क़िस्से फ़ज़ा में हैं या लोगों

की ज़बान पर हैं उनको इकट्ठा कर लिया जाये क्यूँकि फ़िराक़ से जुड़े अक्सर लोग अब इस दुनिया में नहीं रहे। उनके साथ-साथ फ़िराक़ के क़िस्से भी चले गये।

तो इससे पहले कि हम भी इस जहान-ए-फ़ानी से कूच कर जायें क्यूँ न इन क़िस्सों को आने वाली नस्लों के लिए तहरीर कर दिया जाये। फ़िराक़ साहब का ही शेर है–

ये दुनिया छूटती है मेरे ज़िम्मे कुछ न रह जाए
बता ऐ मंज़िल-ए-हस्ती तेरा कितना निकलता है?

मंजिल-ए-हस्ती का तो नहीं पता लेकिन फ़िराक़ का मुझ पर बहुत ऋण निकलता है। ये किताब उसी गुरु-ऋण को चुकाने की दिशा में एक छोटी-सी कोशिश मात्र है। इस किताब को लिखते वक़्त सोच रहा था कि अगर मैं फ़िराक़ साहब के ज़माने में होता तो यह किताब उनके क़दमों में रखता और कहता–

"हुज़ूर! कुछ फ़रमाइये। अजब न था कि फ़िराक़ साहब इस पर पहले ग़ुस्सा करते और कहते कि "बरख़ुरदार! आप को भला क्या सूझी ये सब करने की? फ़िराक़ कोई मसख़रा है जो उसके क़िस्सों और लतीफ़ों की किताब छापी जाये। ले जाइये अपनी ये फ़िज़ूल किताब और फेंक दीजिए किसी कूड़ेदान में।"

लेकिन दूसरे दिन वही फ़िराक़ ये कहते मिलते कि "बरख़ुरदार! मैंने आपकी किताब के कुछ क़िस्से पढ़े। वो कॉफ़ी हाउस वाला क़िस्सा तो मुझे भी याद नहीं था। आपने मेरे क़िस्से जुटाने में जो मेहनत की है वो क़ाबिल-ए तारीफ़ है।"

फिर मुस्कुराकर कहते "रमेश! ज़रा पन्ना को भेज कर सलमान साहब के लिए कुछ कचौड़ी, जलेबी मंगवा लो। आज ये नाश्ता यहीं करेंगे।"

ऐसे थे 'मेरे फ़िराक़'। कभी सख़्त, कभी नर्म, कभी पत्थर, कभी पानी। कभी शफ़क़तों की बारिश बरसाने वाले, तो कभी ग़ुस्से का लावा बहाने वाले। यही स्वभाव था उनका। वे ज्ञानियों में ज्ञानी, विद्वानों में विद्वान, बच्चों में बच्चे, और मसख़रों में मसख़रे थे।

हाय! मैं अभागा वो ज़माना न देख सका। कहाँ से लाऊँ वो बीता हुआ वक़्त? अपने प्रिय शायर को कहाँ ढूँढ़ूँ? इलाहाबाद की गलियाँ छान-छान कर थक चुका हूँ। 8/4 बैंक रोड नाम के तीर्थ पर न जाने कितने ही सजदे किये, पर फ़िराक़ कहाँ मयस्सर फ़िराक़ साहब के ही एक शेर का सहारा लेता हूँ–

बातें उसकी याद आती हैं, लेकिन हम पर ये नहीं खुलता
किन बातों पर अश्क़ बहाएँ, किन बातों से जी बहलाएँ

अपनी बात को ख़त्म करते हुए मैं बस यही कहना चाहता हूँ कि मैंने इस पुस्तक के माध्यम से फ़िराक़ साहब की बहुआयामी शख़्सियत के कुछ रंग पाठकों के सामने लाने की कोशिश की है। इसमें न सिर्फ़ उनकी हाज़िर-जवाबी के क़िस्से और लतीफ़े शामिल हैं, बल्कि वे संजीदा क़िस्से भी हैं जिनसे उनके दिल में आम इन्सान के लिए छिपा मर्म झलकता है। मुझे विश्वास है कि यह पुस्तक पढ़ते हुए पाठक न केवल आनन्द का अनुभव करेंगे, बल्कि फ़िराक़ साहब के व्यक्तित्व के उस मानवीय पक्ष को भी महसूस कर पायेंगे, जो अक्सर शब्दों से परे होता है। मेरी आशा है कि यह प्रयास पाठकों को फ़िराक़ साहब के और क़रीब ले जायेगा और उनके भीतर की संवेदना से जोड़ सकेगा।

अन्त में मैं वाणी प्रकाशन के प्रबन्ध निदेशक, आदरणीय अरुण माहेश्वरी जी का हृदय से धन्यवाद देना चाहूँगा, जिनका स्नेह और मार्गदर्शन मुझे निरन्तर प्राप्त होता रहा है। इस विश्वास और सहयोग के लिए मैं उनका हृदय से आभारी हूँ।

साथ ही, मैं धन्यवाद देना चाहूँगा आदरणीया अदिति माहेश्वरी दीदी (कार्यकारी निदेशक, वाणी प्रकाशन) का जिन्होंने मेरी पुस्तक को स्वीकार किया और जिन्हें मैं पिछले कई वर्षों से फ़िराक़ साहब की एक आउट ऑफ़ स्टॉक पुस्तक के लिए लिखता आ रहा हूँ। उन्होंने सदैव मेरी सहायता के लिए तत्परता दिखाई, स्नेहपूर्वक उत्तर दिया, मार्गदर्शन दिया, और कभी भी मेरी जिज्ञासा को उपेक्षित नहीं होने दिया।

—सलमान शम्सी

लखनऊ

रघुपति सहाय 'फ़िराक़ गोरखपुरी'

1896 : अगस्त 28 जन्म–गोरखपुर।

1913 : स्कूल लीविंग परीक्षा में उत्तीर्ण।

1915 : एफ. ए. म्योर सेंट्रल कॉलेज, इलाहाबाद से।

1917 : जून 18–पिता मुंशी गोरखप्रसाद 'इबरत' का देहान्त। बी.ए. में प्रान्त भर में चौथा स्थान प्राप्त : प्रान्तीय सिविल सर्विस में डिप्टी कलक्टरी के पद पर निर्वाचित।

1918 : स्वराज आन्दोलन शुरू होते ही सरकारी पदों का त्याग।

1920 : दिसम्बर 6–प्रिंस ऑफ वेल्स के आगमन के विरुद्ध आन्दोलन में पण्डित जवाहरलाल नेहरू के प्रस्ताव पर प्रान्तीय कांग्रेस के डिक्टेटर निर्वाचित। फिर स्वयं रफ़ी अहमद किदवई के पक्ष में, 'डिक्टेटरशिप' का त्याग। दिसम्बर 13 : डेढ़ बरस की कैद। जेल में विशिष्ट साहित्यिक रचनाएँ।

1922 : अखिल भारतीय कांग्रेस के 1927 तक 'अंडर सेक्रेट्री'।

1927 : क्रिश्चियन कॉलेज, लखनऊ में अध्यापक नियुक्त।

1928 : बी.एन.एस.डी. कॉलेज, कानपुर में अंग्रेज़ी और उर्दू के अध्यापक नियुक्त।

1930 : आगरा विश्वविद्यालय से अंग्रेज़ी एम.ए. में प्रथम स्थान प्राप्त। बिना प्रार्थनापत्र दिये ही इलाहाबाद विश्वविद्यालय में अंग्रेज़ी के अध्यापक नियुक्त। इसी बीच उर्दू साहित्य में सर्वश्रेष्ठ स्थान को प्राप्त।

1959 : विश्वविद्यालय से अवकाश।

1961 : उर्दू काव्य-संकलन 'गुले-नग्मा' : साहित्य अकादेमी एवं उत्तर प्रदेश सरकार द्वारा पुरस्कृत।

1965 : नेहरू-पुरस्कार प्राप्त।

1969 : 'गुले-नग्मा' पर भारतीय ज्ञानपीठ द्वारा सर्वश्रेष्ठ पुरस्कार

उर्दू के महान शायर रघुपति सहाय 'फ़िराक़ गोरखपुरी' के दिलचस्प लतीफ़ों, हाज़िरजवाबी के क़िस्सों और उनकी ज़िन्दगी से जुड़े कुछ अहम वाक़िआत का मजमूआ।

ये न पूछ कितना जिया हूँ मैं ये न पूछ कैसे जिया हूँ मैं
कि अबद की आँख भी लग गयी मेरी ग़म की शाम-ए-दराज़ में

—**फ़िराक़**

पायजामे का नाड़ा

एक मुशायरे में फ़िराक़ साहब मौजूद थे। सभी शायर बारी-बारी से अपना कलाम, माइक के पास जाकर खड़े होकर सुना रहे थे।

जब फ़िराक़ साहब की बारी आयी तो वो बैठे ही रहे और माइक उनके पास लाकर रख दिया गया।

इससे पहले कि फ़िराक़ साहब अपना कलाम सुनाते। मजमे में से आवाज़ें आने लगीं। "खड़े हो कर पढ़िए। बैठकर कोई नहीं पढ़ेगा। वग़ैरा वग़ैरा।"

अजीब-सा शोर बपा हो गया।

फ़िराक़ साहब खामोशी से सब सुनते रहे और फिर माइक से ऐलान किया

"हाज़रीन! मेरे पायजामे का नाड़ा टूटा हुआ है। मैं खड़ा होकर नहीं पढ़ सकता, लेकिन अगर आप की यही ज़िद है तो फिर मैं आपका दिल नहीं तोड़ूँगा।

ये सुनते ही लोग ठहाके मार के हँसने लगे। पूरा मजमा कहकहों से गूँज उठा। सभी ने फ़िराक़ साहब की हाज़िर जवाबी का लोहा माना।

वहाँ गधा दफ़्न है

फ़िराक़ साहब और कॉफ़ी हाउस की बैठकों के क्या ही कहने। अपनी उम्र के आख़िरी दौर तक फ़िराक़ साहब वहाँ जाते रहे और महफ़िल जमाते रहे। हर कोई फ़िराक़ साहब के इन्तिज़ार में बैठा रहता और जब फ़िराक़ साहब आकर बैठते तो एक मजमा उठकर उनके क़रीब बैठ जाता। गुफ़्तगू होती, हँसी-मज़ाक़ होता, वेद-पुराणों की बातें होतीं और खाना-पीना भी चलता रहता।

एक बार ऐसी ही एक महफ़िल सजी हुई थी जहाँ ख़ूब बातें हो रहीं थीं कि इतने में एक नये-नवेले कवि जिनकी उम्र अभी पच्चीस-छब्बीस बरस रही होगी बोल पड़े "मैं जब कविता लिखने बैठता हूँ तो "कालिदास, कीट्स, शेक्सपियर, मिल्टन और वर्ड्सवर्थ मेरे आगे हाथ बाँधे खड़े हो जाते हैं।"

ये बात सुनकर सब लोग चौंक गये। कुछ लोग तो अपनी हँसी तक नहीं रोक पा रहे थे कि "भला ये भी कोई बात हुई?"

फ़िराक़ साहब शान्त होकर ये सब सुन रहे थे और फिर सिगरेट का एक कश लेते हुए बोले "आप जहाँ बैठकर कविता लिखते हैं उस के नीचे की ज़मीन खुदवाइए।"

लोग फिर हैरान हुए कि अब ये क्या बात हुई?

एक साहब बोले "भला ऐसा क्यों फ़िराक़ साहब?"

फ़िराक़ साहब बोले "जहाँ ये साहब बैठते हैं वहाँ यक़ीनन एक गधा दफ़्न है और उसका असर इन पर आ रहा है।"

ये सुनते ही कॉफ़ी हाउस ठहाकों से गूँज उठा। लोग फ़िराक़ साहब को हाथ जोड़कर प्रणाम करने लगे।

फ़िराक़ साहब की शरारत

फ़िराक़ साहब के मकान से कुछ दूर एक प्रोफ़ेसर साहब रहा करते थे। वो दुनियावी तरक़्क़ी और माल-ओ-दौलत के बड़े रसिया थे और इसी कारण बहुत पूजा पाठ किया करते थे। लोगों में ये ख़बर फैल गयी कि प्रोफ़ेसर साहब ने अपनी पूजा पाठ की टाइमिंग बढ़ा दी है और तड़के सवेरे-सवेरे पूजा करना शुरू करते हैं और लगभग दो घण्टे पूजा पाठ करते हैं।

फ़िराक़ साहब को ये बात पता चली तो एक दिन यूँ ही सुबह टहलने निकले और प्रोफ़ेसर साहब के घर की ओर चल दिये।

घर पहुँचकर आवाज़ लगायी तो नौकर बाहर आया।

पूछा प्रोफ़ेसर साहब हैं?

नौकर बोला "जी हैं मगर अभी पूजा कर रहे हैं।"

फ़िराक़ साहब बोले "ठीक है उनको अभी परेशान न करो बस उनसे कह देना की राजा बड़ौदा के सेक्रेटरी आए थे।"

नौकर ने कहा "जी बेहतर।"

ये कहकर फ़िराक़ साहब चले गये।

प्रोफ़ेसर साहब जब पूजा-पाठ कर के उठे तो नौकर ने बताया कि आप से मिलने राजा बड़ौदा के सेक्रेटरी साहब आये थे। प्रोफ़ेसर साहब चौंक उठे और बोले "राजा साहब का सेक्रेटरी! अरे बेवक़ूफ़ तूने मुझे बताया क्यों नहीं?"

नौकर ने कहा आप का ही हुक्म था कि पूजा पाठ करते वक़्त आपको 'डिस्टर्ब' न किया जाये।

प्रोफ़ेसर साहब अपना सिर पकड़ कर बैठ गये।

अगले एक हफ़्ते तक प्रोफ़ेसर साहब पूरे शहर में राजा साहब के सेक्रेटरी को ढूँढ़ते रहे। एक बार तो फ़िराक़ साहब से भी पूछ पड़े "फ़िराक़ साहब आप राजा बड़ौदा के सेक्रेटरी को जानते हैं क्या ?

फ़िराक़ साहब ने बड़ी मासूमियत से जवाब दिया "नहीं भाई ! लेकिन बात क्या हो गयी ?"

हाथ जोड़े पहुँचे डीएम साहब

फ़िराक़ साहब इलाहाबाद यूनिवर्सिटी के अंग्रेज़ी डिपार्टमेंट से सेवानिवृत्त हो चुके थे। लगभग एक साल गुज़र गया था लेकिन वे यूनिवर्सिटी के ही स्टाफ़ क्वार्टर में रह रहे थे जिसका पता 8/4 बैंक रोड था। कई दिनों से यूनिवर्सिटी के कुछ अफ़सर फ़िराक़ साहब के पास मकान ख़ाली करवाने की दरख़्वास्त लिए आ रहे थे। वे फ़िराक़ साहब पे दबाव डाल रहे थे कि आप तो अब रिटायर हो गये हैं और ये मकान यूनिवर्सिटी का है सो आप जल्द से जल्द इसको ख़ाली कर दीजिए।

फ़िराक़ साहब को ये बात बुरी लगी इसलिए एक दिन उन्होंने सीधे जवाहरलाल नेहरू को फ़ोन किया और बोले "अरे! भाई ये यूनिवर्सिटी वाले मुझसे मकान ख़ाली करने को कह रहे हैं। मैं क्या अब इस उम्र में किराए का मकान ढूँढ़ने निकलूँ? कुछ ऐसा कर दो कि मेरी ज़िन्दगी यहीं कट जाये।"

नेहरू जी ने इलाहाबाद के डिस्ट्रिक्ट मजिस्ट्रेट को फ़ोन किया और सख़्त निर्देश दिए कि "आज के बाद कोई भी फ़िराक़ साहब के पास मकान के बाबत बात करने नहीं जायेगा और ये बात ध्यान रखी जाये कि जब तक फ़िराक़ साहब ज़िन्दा हैं तब तक वे वहीं रहेंगे।

दूसरे दिन डीएम साहब और वाईस चांसलर साहब फ़िराक़ साहब के घर हाथ जोड़े पहुँचे और बोले "हुज़ूर! आप को हमसे ही कह देना चाहिए था, आपने नेहरू जी को क्यूँ फ़ोन कर दिया। हम ख़ुद आपका काम कर देते।"

फ़िराक़ साहब बोले "भई! और भला मैं किसको कहता? एक जवाहरलाल ही है जो मेरी सुनता है सो उसको कह दिया।" ये बात सनद है कि फ़िराक़ साहब ने पूरी ज़िन्दगी फिर उसी मकान में काटी।

मेरा क्या क़सूर?

कॉफ़ी हाउस में महफ़िल सजी हुई थी। आज गुफ़्तगू की जगह लतीफ़े सुनाये जा रहे थे। एक से बढ़ कर एक। पूरा कॉफ़ी हाउस ठहाकों से गूँज रहा था। फ़िराक़ साहब तो लतीफ़े गढ़ने में माहिर थे ही। ऐसे-ऐसे लतीफ़े सुना रहे थे कि लोग अपना पेट पकड़-पकड़ कर हँस रहे थे।

इसी बीच एक साहब कॉफ़ी हाउस में आये और इस महफ़िल में शरीक हो गये। जब माहौल कुछ शान्त हुआ तो फ़िराक़ साहब से मुख़ातिब हो के बोले " फ़िराक़ साहब मैं प्रोफ़ेसर हूँ और बनारस से आया हूँ।

प्रोफ़ेसर साहब इतना बोल ही पाये थे कि फ़िराक़ साहब ने कहा "भाई इसमें मेरा क्या क़सूर है? आप प्रोफ़ेसर हैं और बनारस से आये हैं। इसमें मेरी क्या ग़लती है?"

ये सुनते ही लोग ठहाके लगाने लगे। प्रोफ़ेसर साहब झेंप गये। फ़िराक़ साहब आज अलग ही मूड में थे।

थोड़ी देर बाद फ़िराक़ साहब ने देखा कि प्रोफ़ेसर साहब सिर झुकाए बैठे हैं तो बोले "अरे! प्रोफ़ेसर साहब नाराज़ न होइए। आइए इधर बैठिए।" फिर फ़िराक़ साहब ने उनके लिए कॉफ़ी और कुछ टोस्ट ऑर्डर किए।

हवाई जहाज़ से साइकिल की टक्कर

गोरखपुर में एक मुशायरे का आयोजन हुआ। फ़िराक़ साहब को मेहमान-ए-ख़ुसूसी के तौर पर बुलाया गया। आख़िर फ़िराक़ के वतन में मुशायरा हो रहा था।

मुशायरे का आग़ाज़ हुआ। जो भी शायर अपना कलाम पढ़ता, फ़िराक़ साहब की ख़ुसूसी तवज्जोह तलब करता। इसी सिलसिले में गोरखपुर के ही एक नौजवान शायर को आवाज़ दी गयी। शायर साहब ने अपना कलाम पढ़ना शुरू किया। हर ग़ज़ल के आग़ाज़ में फ़िराक़ साहब को मुख़ातिब करते और तवज्जोह की दरख़्वास्त करते। फ़िराक़ साहब को मजबूरन न चाहते हुए भी उनकी तरफ़ मुतवज्जह होना पड़ता।

इसी दौरान शायर साहब ने एक शेर पढ़ा जो हुबहू फ़िराक़ साहब के एक शेर जैसा था।

शेर सुनते ही फ़िराक़ साहब ने कहा "मियाँ ये तो मेरा शेर है!"

नौजवान शायर ने फ़ौरन फ़िराक़ का वही शेर पढ़ा जिसमे फ़क़त एक लफ़्ज़ मुख़्तलिफ़ था और कहा "हुज़ूर आपका शेर तो कुछ यूँ है।"

फ़िराक़ साहब ने फ़रमाया "फिर भी ये मेरा ही शेर है।"

"अरे फ़िराक़ साहब ये तो महज़ इत्तेफ़ाक़ है जो हमारे ख़याल टकरा गये।" शायर साहब ने मुस्कराते हुए कहा।

अब फ़िराक़ साहब से न रहा गया और बोल पड़े।

"मियाँ बड़े-बड़े टकराव सुने। साइकिल का साइकिल से टकराव। साइकिल का मोटर गाड़ी से टकराव मगर आज पहली दफ़ा "साइकिल का हवाई जहाज़ से टकराव सुना।"

फ़िराक़ साहब का जवाब सुनके स्टेज पर बैठे लोग ठहाके मार के हँसने लगे।

लुटी रियासत के नवाब साहब

ये बात सन् 1960 के आस-पास की है। देश आज़ाद हो चुका था और जागीरदाराना निज़ाम ख़त्म हो चुका था। उसी दौरान फ़िराक़ साहब से मिलने एक साहब आये जो किसी लुटी हुई रियासत के नवाब थे। फ़िराक़ साहब ने उनका परिचय जानने के बाद उनकी शान के मुताबिक़ उनकी ख़ातिर-तवज्ज़ो की। खाना-पीना होने के बाद बाहर लॉन में बैठक जमी। शाम हो चली थी सो फ़िराक़ साहब के कुछ यार-दोस्त भी आ गये थे।

फ़िराक़ साहब ने सबका परिचय नवाब साहब से करवाया फिर बोले "भाई नवाबी दौर भी क्या दौर था। बड़ी रंगीनियाँ हुआ करती थीं उस दौर में।"

बेचारे नवाब साहब ये सुनते ही ग़मज़दा हो गये और ठण्डी आहें भरते हुए बोले "फ़िराक़ साहब ख़ुदा की क़सम सब लुट गया, बर्बाद हो गया। अब हमारे पास कुछ न बचा।

एक साहब जो सामने की कुर्सी पर बैठे थे बोले "अरे नवाब साहब ! कुछ न कुछ तो बचा ही होगा। आपके पास आम की बाग़ तो होगी ही ?

नवाब साहब सिर झुकाए बैठे थे कोई जवाब न दे सके मगर फ़िराक़ साहब फ़ौरन बोले "अरे ! भाई बाग़ तो नहीं है इनके पास लेकिन एक आम का पेड़ बचा है जिसके दम से इनकी नवाबी क़ायम है।"

ये सुनते ही सब लोग ठहाके लगाने लगे और ग़मगीन माहौल ज़रा हल्का हो गया।

बड़े ढीठ आदमी हैं आप

एक साहब जो लखनऊ के रहने वाले थे फ़िराक़ साहब से मिलने इलाहाबाद आये। फ़िराक़ साहब का इनसे परिचय था लेकिन फ़िराक़ इनको बिल्कुल पसन्द नहीं करते थे क्योंकि ये साहब बेहद ढीठ और चिपकू क़िस्म के आदमी थे।

एक बार बैठ जाते तो फ़िज़ूल की बातें किया करते। हर बार कहते "और बताइए और बताइए।" फ़िराक़ साहब इनको कई बार झेल चुके थे इसलिए जानते थे कि ये आदमी परेशान करेगा लेकिन फिर भी फ़िराक़ साहब ने इनका इस्तिक़बाल किया और इनको घर पर ठहराया।

शाम को जब चाय पीने बैठे तो ये साहब लगे फ़िज़ूल की बातें करने। घण्टे भर फ़िराक़ साहब ने इनकी बेवक़ूफ़ी बर्दाश्त की तब जाकर ये साहब चुप हुए।

चुप होने के कुछ देर बाद बोले "और सुनाइए फ़िराक़ साहब।"

अब फ़िराक़ साहब को मौक़ा मिल गया और बोले,

"क्या सुनाऊँ? मेरी तो ज़िन्दगी दूभर हो चुकी है...ऐसे-ऐसे लोग मिलने चले आते हैं...आज ही सुबह एक साहब मिलने आ गये...फ़िज़ूल की बातें करते हैं...मैंने उनको डाँटा...उन पर चिल्लाया भी...उनको गाली भी दी...यहाँ तक कि उनको धक्का भी दिया...लेकिन वो साहब हिले तक नहीं बल्कि बैठे रहे, जैसे आप बैठे हुए हैं।

अब तक ये साहब फ़िराक़ साहब का इशारा समझ चुके थे, सो मुस्कराते हुए कहने लगे "अब मुझे इज़ाज़त दीजिए।" इस तरह अपनी इज़्ज़त बचाते हुए वे साहब पतली गली से निकल लिए।

मैं क्यों पहचानूँ आपको?

एक बार एक सीनियर छात्र नेता और उनके कुछ साथी फ़िराक़ साहब से मिलने उनके घर आ पहुँचे। सबने अपना अपना परिचय दिया लेकिन जो नेता जी थे उन्होंने फ़िराक़ साहब से कहा "हुज़ूर! आप ने तो मुझे पहचान ही लिया होगा।"

दरअस्ल उन्होंने ऐसा इसलिए कहा क्योंकि कई साल पहले जब इलाहाबाद यूनिवर्सिटी के छात्रों ने वाईस चांसलर ऑफ़िस का घेराव किया था और नौबत यहाँ तक आ पहुँची कि पुलिस को लाठी चार्ज करना पड़ा। उस अफरा-तफ़री के आलम में नेता जी ने ही फ़िराक़ साहब को सही सलामत ऑफ़िस से निकालकर उनके घर तक पहुँचाया था सो नेताजी को लगा कि फ़िराक़ साहब अब भी उनको पहचानते होंगे।

लेकिन फ़िराक़ साहब ने उनको जवाब में कहा "मैं तो आपको नहीं पहचानता। और भला मैं आपको क्यों पहचानूँ? आप कोई बहुत बड़े आदमी हैं, कलेक्टर हैं या राजनेता हैं?"

नेता जी ने फ़िराक़ साहब को वो वाक़िया याद दिलाया और बोले "अब तो आप मुझे पहचान गये होंगे ना?"

फ़िराक़ साहब बोले "भाई! रेलगाड़ी का ड्राइवर इतने लोगों को अपनी मंज़िल तक पहुँचाता है तो क्या हर यात्री उस ड्राइवर को याद रखता है ?"

ये सुनते ही एक साहब ने बात का रुख़ बदल दिया। लोग समझ गये थे कि आज फ़िराक़ साहब का मूड अच्छा नहीं है।

ये गुलज़ार कौन है? कुछ लिख-विख लेता है

फ़िराक़ साहब अपने ज़माने के लीजेंड थे और हर नौजवान शायर, लेखक उनसे अपने हक़ में दो-चार जुमले लिखवाना चाहता था।

एक बार गुलज़ार साहब की कोई किताब आयी जिसका प्रीफ़ेस फ़िराक़ साहब को लिखना था। गुलज़ार उस वक़्त बिल्कुल नौजवान थे और फ़िराक़ साहब से उनका कोई ख़ास परिचय भी नहीं था।

घर पर कुछ स्टूडेंट्स आये, फ़िराक़ साहब उन्हीं से पूछ बैठे कि "ये गुलज़ार कौन है, कुछ लिख-विख लेता है?"

मुख़ातिब स्टूडेंट्स में से एक ने कहा "हाँ फ़िराक़ साहब! अच्छा लिख लेते हैं।"

फ़िराक़ बोले "भाई उसकी किताब का प्रीफ़ेस लिखना है, किताब भेजी है। अब पढ़ने का तो क्या ही किया जाये... ख़ैर लिख लेता है तो लिख दूँगा।"

मजाज़ और फ़िराक़ की टक्कर

एक बार उर्दू के मशहूर नौजवान शायर मजाज़ लखनवी जो कि हाज़िर जवाबी के लिए ख़ूब जाने जाते थे, फ़िराक़ साहब से मिलने उनके घर पहुँचे। फ़िराक़ ने मजाज़ को देखा तो सीनें से लगा लिया। मजाज़ सीनियर शोअरा के बड़े लाड़ले थे।

फ़िराक़ साहब ने मजाज़ की ख़ूब ख़ातिर की। खाना-पीना होने के बाद दोनों जब बात करने बैठे तो फ़िराक़ साहब ने मजाज़ से चुटकी लेते हुए कहा

"अरे मजाज़ तुमने कबाब बेचना कब से बन्द कर दिया?"

मजाज़ कहाँ चूकने वाले थे। समझ गये कि फ़िराक़ साहब चुटकी ले रहे हैं।

बरजस्ता बोले "जब से आपने गोश्त सप्लाई करना बन्द कर दिया।"

फ़िराक़ साहब मजाज़ का जवाब सुनके ज़ोर-ज़ोर से हँसने लगे।

आप तो अभी जवान हैं

गर्मियों का मौसम था। खड़ी दोपहर में फ़िराक़ साहब घर से निकले और कॉफ़ी हाउस जा पहुँचे। कॉफ़ी हाउस में बिल्कुल सन्नाटा पसरा हुआ था। एक आदमी तक नहीं था। फ़िराक़ साहब खिड़की वाली मेज़ की तरफ़ जा बैठे। अभी रूमाल से अपना पसीना पोछ ही रहे थे कि एक बुज़ुर्गवार तशरीफ़ लाए। उनका हूलिया कुछ यूँ था–

लम्बी सफ़ेद दाढ़ी, आँखों पर मोटा-सा चश्मा और शेरवानी ज़ेर-ए-तन। वो साहब जा के दूसरी तरफ़ बैठे। लेकिन कुछ देर में फ़िराक़ साहब को देख के पहचान गये और फ़िराक़ साहब के पास आकर बैठ गये। बड़े अदब से बोले "आदाब मियाँ! आप शायद फ़िराक़ हैं।"

फ़िराक़ साहब बोले "जी जी, मैं फ़िराक़ हूँ।"

बुज़ुर्गवार बोले "अरे फ़िराक़ साहब आप ने मुझे पहचाना नहीं।"

फ़िराक़ साहब ने जवाब दिया "नहीं, मैंने आपको नहीं पहचाना।"

फ़िराक़ साहब आपकी यही आदत ख़राब है कि "आप बड़ी जल्दी भूल जाते हैं" बुज़ुर्गवार बोले।

फ़िराक़ साहब ने लम्बी साँस ली और बोले "अजी मियाँ क्या कीजिएगा। मैं तो बूढ़ा हो चला हूँ, आपकी तरह जवान होता तो सब कुछ याद रखता।"

पंडित अमरनाथ झा और फ़िराक़ साहब

इलाहाबाद विश्वविद्यालय में एक आयोजन हुआ। बड़े-बड़े पदाधिकारी सम्मिलित हुए। फ़िराक़ साहब उस वक़्त अंग्रेज़ी डिपार्टमेंट में लेक्चरर हुआ करते थे और पण्डित अमरनाथ झा अंग्रेज़ी डिपार्टमेंट के हेड थे।

उन दिनों इलाहाबाद विश्वविद्यालय में अमरनाथ झा साहब का भी काफ़ी बोल बाला था लेकिन फ़िराक़ साहब की शोहरत अलग ही थी। हेड ऑफ़ डिपार्टमेंट होने के नाते लोग उनकी चमचागिरी ख़ूब किया करते थे।

कार्यक्रम शुरू हुआ तो कन्वीनर साहब माइक पर आये और अमरनाथ झा साहब को माइक पर बुलाने से पहले उनका परिचय कुछ यूँ देने लगे "अमरनाथ झा साहब हमारे विश्वविद्यालय की शान हैं। ये न सिर्फ़ अंग्रेज़ी में महारत रखते हैं बल्कि उर्दू और हिन्दी भी फ़िराक़ साहब से ज़्यादा जानते हैं। झा साहब ये सुनकर थोड़ा घबराए लेकिन बिना कुछ बोले जी-जी करते हुए माइक पर आ गये।"

फ़िराक़ साहब ये सब चुपचाप सुनते रहे। झा साहब ने अपना भाषण ख़त्म किया और अब बारी आयी फ़िराक़ साहब की।

फ़िराक़ साहब माइक पर आये और आते ही बोले "पण्डित अमरनाथ झा मेरे अच्छे दोस्त हैं और पुराने क्लास फ़ेलो रहे हैं। मुझको ये बात बहुत अच्छी तरह से मालूम है कि इनको झूठी तारीफ़ बिल्कुल पसन्द नहीं है।"

ये सुनते ही मजमा ठहाके मार के हँसने लगा और बेचारे कन्वीनर साहब शर्मिंदा हो गये।

जाइए कबाब पकाइये

एक बार इलाहाबाद के उर्दू विभाग की एक प्रोफ़ेसर अपने साथ एक छात्र को फ़िराक़ साहब के घर ले आयीं। सलाम-दुआ होने के बाद प्रोफ़ेसर साहिबा ने फ़िराक़ से कहा...

"फ़िराक़ साहब ये लड़का मेरे अण्डर आप पर रिसर्च करेगा।

आपकी दुआएँ चाहिए।"

फ़िराक़ साहब झल्ला गये और फ़ौरन बोले "यह लड़का क्या रिसर्च करेगा, आप ख़ुद तो मेरा एक शे'र भी नहीं समझ सकतीं। चली हैं रिसर्च करवाने। रिसर्च कितना बड़ा धोका है।"

यही मामला ग़ालिब के साथ है। ग़ालिब का शे'र पढ़ने की तमीज़ नहीं मगर लोग ग़ालिब पर डॉक्टरेट लिए बैठें हैं।

जाइए मोहतरमाँ कवाब वग़ैरह पकाइए, खाइए और खिलाइये। यही है रिसर्च।

ये सुनकर प्रोफ़ेसर साहिबा अपना-सा मुँह ले के चली गयीं।

धतूरे वाली भाँग

बनारस से एक साहब फ़िराक़ से मिलने आये। जड़ी-बूटियों की अच्छी जानकारी रखते थे। कुछ दिन फ़िराक़ साहब के घर पर ठहरे। दिन रात बातें होतीं और खाना-पीना। हर शाम की तरह फ़िराक़ साहब शराब-नोशी कर रहे थे। कुछ मेहमान और भी बैठे हुए थे। बात चल पड़ी भाँग और ठण्डाई की। कुछ ने कहा "भाँग का नशा सबसे अच्छा नशा है लेकिन तब जब अच्छी भाँग सिलबट्टे पर पीसी जाये और दूध में पिसे हुए मेवे वग़ैरा डाले जायें।"

ये साहब जो बनारस से आये थे पूरी विधि बताने लगे। फ़िराक़ साहब इन सब लोगों की बातों को सुनकर बोले "भाई, तुम लोगों की बात सुनकर मेरे मुँह में पानी आ गया है। ऐसा करते हैं कल ठण्डाई यहीं बनेगी।"

दूसरे दिन नौकर को सारी सामग्री लिखवाकर बाज़ार भेज दिया गया। सारा सामान आने पर मिल-जुलकर ठण्डाई बनी, क़रीब एक बाल्टी। सबने पी। फ़िराक़ ने पीने के बाद कहा "ये तो अमृत है।"

वाक़ई ठण्डाई बहुत अच्छी बनी थी। फिर क्या था फ़िराक़ साहब को ठण्डाई पीने का चस्का लग गया।

घर पर जो सिलबट्टा था वह बहुत पुराना हो चुका था लिहाज़ा सिर्फ़ भाँग घोटने और पीसने के लिए एक आदमी मिर्ज़ापुर भेजा गया जो वहाँ का बेहतरीन सिलबट्टा लेकर आये। दो दिन बाद मिर्ज़ापुर का मशहूर सिलबट्टा आ गया। अब क्या था। हर दिन लगभग दस लीटर दूध की ठण्डाई बनने लगी। फ़िराक़ साहब के दोस्त, पड़ोसी और जाने कौन-कौन हर दिन आता और ठण्डाई का लुत्फ़ उठाता।

हर दिन दस लीटर दूध,शक्कर, अच्छी क़िस्म की भाँग, पिसे मेवे, इलायची, सौंफ, कालीमिर्च, मग़ज़, गुलाब जल, गुलाब के सूखे फूल इत्यादि की खपत होने लगी। इन सब सामग्रियों के चलते फ़िराक़ साहब का बहुत पैसा हर रोज़ ख़र्च हो रहा था।

एक दिन फ़िराक़ साहब ने अपने एक क़रीबी मित्र से कहा "भाई ये भाँग की ठण्डाई के चक्कर में मेरे बहुत रुपये ख़र्च हो रहे हैं। अगर ऐसा चलता रहा तो मेरा भट्ठा बैठ जायेगा।" थोड़ी देर बाद मशवरा हुआ और ये तय हुआ कि भाँग और मेवे वग़ैरा की मात्रा कम की जाये और भाँग की जगह 'धतूरे के बीज' पीस के ठण्डाई में डाल दिये जायें क्योंकि धतूरे में भी नशा होता है। फ़िराक़ साहब ने कुछ आयुर्वेद के हवाले भी दे डाले कि धतूरे का बीज कहाँ-कहाँ इस्तेमाल होता है। हर कोई मान गया।

दूसरे दिन धतूरा मँगवाया गया। बीज निकाले गये और पीसे गये। थोड़ी भाँग के साथ ठण्डाई में मिलाये गये। बहुत कम ठण्डाई बनायी गयी। हर कोई दिल ही दिल में डर रहा था। कोई भी ये जोखिम उठाना नहीं चाहता था। फ़िराक़ साहब निडर होकर बोले "देखो भाई। पहले मैं ही पी लेता हूँ, अगर कुछ होगा तो मुझे होगा और अगर कुछ नहीं हुआ तो यह प्रयोग सफल माना जायेगा।" फ़िराक़ साहब ने गिलास उठाया और पी गये। एक और गिलास पी गये।

सब की नज़रें फ़िराक़ पर थीं। हर किसी को शिव का हलाहल पीना याद आ गया। थोड़ी देर फ़िराक़ साहब ठीक थे फिर उन्होंने बताया कि नशा अब हावी हो रहा है। फ़िराक़ साहब बिस्तर पर जा गिरे और सो गये।

दो दिन बाद फ़िराक़ साहब उठे। होंठ सूख गये थे। उठते ही पानी माँगने लगे। नौकर और कुछ लोग सिरहाने बैठे थे। सबकी जान में जान आयी। सबने बताया फ़िराक़ साहब आप दो दिन बाद नींद से उठे हैं। कल डॉक्टर भी बुलवाया गया था लेकिन कुछ न हुआ।

फ़िराक़ कहने लगे "अब मैं ठीक महसूस कर रहा हूँ।"

इस वाक़िए के बाद से फिर कभी भी फ़िराक़ के घर ठण्डाई पीने-पिलाने का कार्यक्रम दोबारा नहीं हुआ।

ये मत कहिए "मुझे भूख लगी है"

फ़िराक़ साहब के घर अक्सर उनके स्टूडेंट्स आ जाया करते थे। ख़ूब बातें होतीं और बड़ा अच्छा वक़्त गुज़रता।

फ़िराक़ साहब की गुफ़्तगू कभी-कभी इतनी लम्बी होती कि सुबह से शाम हो जाती। सामने बैठे किसी शख़्स की क्या मजाल जो फ़िराक़ साहब को टोक दे।

एक बार स्टूडेंट्स का एक ग्रुप बैठा था और बात होते-होते दोपहर से रात हो गयी। अब सबको घर जाना था लेकिन कौन फ़िराक़ साहब को चलती गुफ़्तगू के बीच रोके?

बड़ी हिम्मत करके एक साहब बोल पड़े "हुज़ूर चलता हूँ। इजाज़त दीजिए, बड़ी ज़ोरों से भूख लगी है।"

फ़िराक़ साहब बोले "ऐ साहब! फ़िराक़ के घर से ये कह कर न जाइए कि आपको भूख लगी है। जाना है तो जाइए और भूख लगी है तो बैठिए "कुछ बनवाता हूँ। आप भी खाइए, मैं भी खाता हूँ।"

अब इन साहब को सच बोलना पड़ा। कहने लगे "फ़िराक़ साहब, देर हो रही है मुझे वाक़ई कहीं जाना है।"

फ़िराक़ साहब ने उनकी मजबूरी समझी और जाने की इजाज़त दे दी।

फ़िराक़ साहब लाजवाब हो गये

ये उन दिनों की बात है जब फ़िराक़ साहब यूनिवर्सिटी से रिटायर हो चुके थे। रिटायरमेंट के एक साल बाद भी वो यूनिवर्सिटी जाते और अंग्रेज़ी डिपार्टमेंट में टीचर्स और प्रोफ़ेसर्स से बैठ कर गुफ़्तगू करते। अंग्रेज़ी के शो'बे के बाद वो उर्दू डिपार्टमेंट जाते, वहाँ लोगों से मिलते और स्टूडेंट्स से गुफ़्तगू भी किया करते।

एक बार की बात है फ़िराक़ साहब अंग्रेज़ी डिपार्टमेंट से होकर हस्ब-ए-मामूल उर्दू डिपार्टमेंट पहुँचे। वहाँ हेड ऑफ़ डिपार्टमेंट एजाज़ साहब को खोजने लगे। पता करने पर मालूम हुआ कि एजाज़ हुसैन साहब क्लास ले रहे हैं। एजाज़ साहब लेक्चर लेते वक़्त क्लास रूम के दोनों दरवाज़े बन्द कर दिया करते थे ताकि कोई डिस्टर्बेंस न हो। फ़िराक़ साहब क्लास रूम के बाहर पहुँचे और दरवाज़े पर दस्तक दी।

एजाज़ साहब ने दरवाज़ा खोला और फ़िराक़ साहब को देखकर चौंक गये। लेकिन फिर आदाब करते हुए बोले "फ़िराक़ साहब आप स्टाफ़ रूम में चलिए, मैं क्लास ले कर आता हूँ।"

फ़िराक़ साहब बोले " भाई आज मैं तुम्हारी क्लास में बैठूँगा।"

एजाज़ साहब ने कहा "अरे! फ़िराक़ साहब ये क्या कह रहे हैं!"

फ़िराक़ साहब बोले "मैं सच कह रहा हूँ। मैं आज तुम्हारी क्लास में बैठूँगा।"

मजबूरन एजाज़ साहब. को बात माननी पड़ी और फ़िराक़ साहब धीरे से जाकर सबसे पीछे बैठ गये।

एजाज़ साहब ने लेक्चर शुरू किया। थोड़ी देर बाद फ़िराक़ साहब ने अपना हाथ उठाया और बोले "मुझे एक सवाल करना है।"

एजाज़ साहब ने फ़िराक़ साहब की ओर ध्यान नहीं दिया।

फ़िराक़ साहब ने इस बार थोड़ी ज़ोर से कहा "मुझे आपसे एक सवाल करना है।"

एजाज़ साहब ने लम्बी साँस ली और फिर कहा "जी पूछिये क्या पूछना चाहते हैं आप?"

फ़िराक़ साहब बोले "अच्छा मियाँ, ये बताइए ऐसा क्यों माना जाता है कि उर्दू शो'अरा अक्सर बद-किरदार होते हैं?"

एजाज़ साहब कुछ पल रुके फिर बोले "हुज़ूर ऐसा इसलिए है क्योंकि उनके सामने आपकी मिसाल रहती है।"

एजाज़ साहब का जवाब सुनकर पूरा क्लास रूम कहकहों से भर गया। फ़िराक़ साहब कुछ कहना चाह रहे थे लेकिन इतने शोर में कुछ कह न सके।

पहली बार फ़िराक़ साहब ला-जवाब हो गये थे।

रात भर 'सबनम' गिरी

एक बार एक नये नवेले शायर फ़िराक़ साहब से मिलने उनके घर आये। फ़िराक़ साहब का मूड उस दिन बहुत अच्छा था सो उन्होंने नौजवान शायर साहब को अपना कलाम सुनाने को कह दिया।

उस इन्सान के भाग्य के क्या कहने जिसे फ़िराक़ साहब ख़ुद कह दें कि "तुम अपना कलाम सुनाओ।"

शायर साहब ने मतला अर्ज़ किया और फ़रमाया "रात भर सबनम गिरी"

ये सुनना ही था कि फ़िराक़ साहब बोल पड़े "अरे! मियाँ ये 'सबनम' क्या चीज़ है?"

शायर साहब बोले "अरे! फ़िराक़ साहब आप को सबनम नहीं पता? अरे "ओश, ओश।"

फ़िराक़ साहब ने अपना सिर पकड़ लिया और समझ गये कि ये साहब तलफ़्फ़ुज़ तो ठीक कर नहीं पा रहे हैं आख़िर शायरी क्या ख़ाक करते होंगे।

इसके बाद फ़िराक़ साहब ने बात का रुख़ मोड़ दिया और उन नौजवान शायर साहब को किसी तरह विदा किया।

कंडे पर बैठ जाइए

फ़िराक़ साहब के घर पर दोस्तों की महफ़िल सजी थी। चाय-नाश्ता चल रहा था कि इतने में एक साहब बोल पड़े "फ़िराक़ साहब ये कम्बख़्त पेट की बीमारी ने मेरा जीना हराम कर रखा है। बहुत इलाज करवाया लेकिन फ़ायदा होता ही नहीं। कुछ उपाय बताइए।"

इससे पहले कि फ़िराक़ साहब कुछ कह पाते एक और साहब जो थोड़ा बहुत यूनानी दवाइयों के बारे में जानते थे बोल पड़े "अरे ! भाई अगर आप को अंग्रेज़ी दवाएँ फ़ायदा नहीं पहुँचा रही हैं तो कोई देशी नुस्ख़ा अपनाइए। कहिए तो मैं आपको एक नुस्ख़ा बताऊँ ?"

वो साहब बोले "जी बताइए।"

ये बोले "ऐसा करिए सुबह-सुबह एक पका हुआ अमरूद कंडे पर भूनिये और उसको गर्म-गर्म ख़ाली पेट खाइए। ईश्वर ने चाहा तो ज़रूर फ़ायदा होगा।

बीमारी से ग्रसित साहब कोट-पैंट वाले थे सो बोले कि "अरे ! भाई ये कंडे पर भूनना-वूनना मुझसे नहीं हो पायेगा।

फ़िराक़ साहब उनकी तरफ़ मुख़ातिब होकर बोले "अरे मियाँ ! इसमें क्या परेशानी है ? आप भूनिये मत। सीधा कंडे पर बैठ जाइए और अमरूद खा लीजिए। बराबर फ़ायदा होगा।"

इसे सुनकर वो साहब शर्मा गये और बाक़ी लोग ठहाके मारकर हँसने लगे।

इन्दिरा गांधी से कह दो इन्तिज़ार करें

फ़िराक़ साहब को ज्ञानपीठ पुरस्कार मिलने का दिन था। हॉल में वीआईपी गेस्ट आ चुके थे। बस तत्कालीन प्रधानमन्त्री श्रीमतौ इन्दिरा गांधी जी का इन्तिज़ार था। फ़िराक़ साहब का अभिभाषण शुरू हुआ। फ़िराक़ साहब माइक पर बोल रहे थे के इतने में मंच संचालक फ़िराक़ साहब के पास आकर बोले "फ़िराक़ साहब आप अपना भाषण जल्दी से ख़त्म कर दीजिए। इन्दिरा जी आ चुकी हैं।"

फ़िराक़ साहब माइक से ही बोले "आ गयीं हैं तो उनसे कहिए तशरीफ़ रखें। अभी फ़िराक़ बोल रहा है।"

इन्दिरा जी ने ये सुना तो सीधे मंच पर आ गयीं और फ़िराक़ साहब से बोलीं "हुज़ूर मैं तो आप ही को सुनने आयीं हूँ। आपका जब तक मन हो तब तक बोलिए।"

संजीदा फ़िराक़ साहब

इलाहाबाद में पहली दफ़ा आइसक्रीम पार्लर खुला। नाम था ग़ज़दर।

फ़िराक़ साहब अपने नवासे विश्व रंजन को लेकर वहाँ पहुँचे। तरह-तरह की आइसक्रीम खायी गयीं। बहुत अच्छा वक़्त बीता। रात हो चली थी सो लौटने की बारी आयी। रिक्शा ढूँढ़ा जाने लगा लेकिन अजीब बात ये थी कि उस दिन बैंक रोड जाने के लिए कोई रिक्शा ही नहीं मिल रहा था। बड़ी देर बाद एक रिक्शेवाला मिला जो बैंक रोड जाने को तैयार हुआ। बेचारा कमज़ोर-सा एक बूढ़ा आदमी था। बहुत धीरे-धीरे रिक्शा चला रहा था। आधे घण्टे में उसने बैंक रोड पहुँचा दिया।

फ़िराक़ साहब ने जेब से पैसे निकाले और उसको दिये। रिक्शेवाला कहने लगा "साहब इतने से क्या होगा? और पैसे दीजिए।"

ये सुनते ही फ़िराक़ साहब भड़क गये और बोले "अरे! भाई जितने पैसे पड़ते हैं उतने तो मैंने दे दिये हैं। रिक्शेवाला कहने लगा "इतने नहीं पड़ते साहब। कुछ बढ़ा के दीजिए। अब फ़िराक़ साहब से न रहा गया। चिल्लाते हुए अपनी छड़ी उसकी ओर तान दी।

रिक्शेवाला डर गया और बोला "बाबू जी मारिये मत। मैं दो दिन से भूखा बीमार पड़ा था। आज कुछ जान में जान आयी तो रिक्शा निकाल लिया। आप पहले आदमी थे इसलिए सोचा कि कुछ बढ़ा के मिल जायेगा तो खाना खा लूँगा।

फ़िराक़ साहब ग़ुस्से में बोले "पहले बताना चाहिए था कि तुम भूखे हो। फ़िराक़ साहब ने अपनी जेब में हाथ डाले और जितने पैसे थे सब उसको दे

दिये। विश्व रंजन जी बताते हैं कि क़रीब चालीस रुपये थे। रिक्शावाला रोने लगा और सलाम करते हुए चला गया।

अन्दर आने तक फ़िराक़ संजीदा हो चुके थे। कुछ देर बाद नौकर आया और पूछा "खाना लगा दूँ हुज़ूर"?

फ़िराक़ ने कहा "आज खाना नहीं खाऊँगा।" जाने कितने लोग देश में आज भूखे सो रहे होंगे। फ़िराक़ थोड़ी देर कुछ सोचते रहे फिर धीरे से जा के बिस्तर पे लेट गये।

इससे ज़्यादा रोशनी तो दोज़ख़ में होगी

इलाहाबाद में एक मुशायरा होना था। फ़िराक़ साहब को निमन्त्रण देने कुछ छात्र पहुँचे। फ़िराक़ साहब उस वक़्त बहुत ज़ईफ़ हो चले थे और चलने-फिरने में बहुत तकलीफ़ महसूस करते थे। फिर भी छात्रों के आग्रह पर वो तैयार हो गये।

शाम हुई तो छात्र उनको लेने आये। गाड़ी में बिठा के उनको गंतव्य तक ले जाया गया। अभी मुशायरा शुरू नहीं हुआ था सो उनको चाय-नाश्ता करवाने दूसरी मंज़िल पर ले जाया जाने लगा। बड़ी मुश्किलों से ऊपर वाले कमरे में उनको ले जाया गया।

कमरे में पहुँचे तो उसमें एक बल्ब जल रहा था जिसकी रोशनी बहुत कम थी और उस पर मकड़ी ने जाला बुन रक्खा था।

ये मंज़र देखते ही फ़िराक़ साहब एक छात्र से बोले "भाई, ये किस जगह मुझे लेकर आ गये हो? इससे ज़ियादा रोशनी तो दोज़ख़ में होगी।"

ये सुनते ही सभी छात्र हँसने लगे और कहने लगे फ़िराक़ साहब आपका जवाब नहीं।

इंक़िलाबी शायर की सिट्टी-पिट्टी गुम

फ़िराक़ साहब एक मुशायरे में काफ़ी देर से पहुँचे। वजह यह थी कि उनके ठहरने का ठीक से इन्तिज़ाम नहीं किया गया था और उससे बढ़कर ये कि उन्हें शराब की बोतल तक पेश नहीं की गयी। इसलिए फ़िराक़ साहब ने मुशायरे में जाने से इन्कार कर दिया था। प्रबन्धक महोदय के हाथ-पैर जोड़ने पर फ़िराक़ साहब देर से ही सही लेकिन मुशायरे में जाने को राज़ी हो गए।

मुशायरे में पहुँचे तो उनका मूड ख़राब था और इसी बीच एक शायर साहब माइक पर आये। ये दुबले-पतले से हल्के बदन के आदमी थे लेकिन जोश मलीहाबादी से बहुत मुतास्सिर थे। सिर्फ़ इंक़िलाबी नज़्में कहते थे।

इनकी नज़्मों में "मैंने ख़ून बहाया, मैं शहीद हुआ, मैंने क्या क्या न सहा, जैसे अल्फ़ाज़ भरे पड़े रहते थे।" फ़िराक़ साहब इनको पहचानते थे और इनकी घन-गरज की शायरी से वाक़िफ़ थे। लेकिन फ़िराक़ साहब को ये बात पता थी कि इन्होंने जंग-ए-आज़ादी में कभी भी हिस्सा नहीं लिया था। इनकी ये इंक़िलाबी शायरी और घन गरज महज़ एक दिखावा है।

फिर क्या था दुबले-पतले शायर साहब ने नज़्म पढ़नी शुरू की और वही मौज़ू दोबारा छेड़ा। हमने जान लुटा दी और उफ़्फ़ न की वग़ैरा वग़ैरा।

फ़िराक़ साहब शराब न मिलने की वजह से बौखलाए हुए थे और इनकी शायरी सुनके अपना आपा खो बैठे।

उठकर माइक के नज़दीक आ गये और इन साहब से माइक छीन कर मजमे से मुख़ातिब होते हुए बोले "ये शायर साहब दिखने में भले ही दुबले-पतले हैं लेकिन हैं फ़ौलादी। आप लोगों को इनके बारे में ऐसी बात बताता हूँ जो आप लोग नहीं जानते होंगे।"

शायर साहब भी सोचने लगे कि आख़िर फ़िराक़ साहब क्या बोलेंगे?

फ़िराक़ साहब ने सामईन को देखते हुए कहा "आप लोगों को पता है जवानी में अंग्रेज़ों ने इनको गिरफ़्तार किया और इन पर वो-वो ज़ुल्म किये कि न पूछिए।"

इनके कपड़े उतारकर इन पर लाल मिर्च मली गयी जिससे इनकी खाल झुलस गयी लेकिन इन्होंने उफ़्फ़ न करी। इस दर्द को आज़ादी के लिए सह गये।

पाँच साल बाद ये फिर गिरफ़्तार हुए और इस जानदार आदमी को उल्टा लटकाकर इतने मोटे डण्डे (अपने हाथ की ओर इशारा किया) से ऐसी-ऐसी यातनाएँ दी गयीं कि कोई और होता तो अंग्रेज़ों से माफ़ी माँगकर अंग्रेज़ों का परस्तार बन जाता।

ये तो बस इनकी फ़ौलादी कुव्वत थी कि इनके लबों पर हर्फ़-ए-शिकायत न आया।

इससे पहले कि फ़िराक़ कुछ और बोलते शायर साहब ने फ़िराक़ साहब से माइक छीन लिया और बोले "अरे ! फ़िराक़ साहब कहाँ आप पुरानी बातों को लेकर बैठ गये। मैं आपका शुक्रगुज़ार हूँ जो आपने मेरे बारे में तारीफ़ी जुमले कहे।

फ़िराक़ साहब को बैठा दिया गया और ये शायर साहब भी धीरे से अपना पसीना पोछते हुए बैठ गये।

दूसरे शायर को दावत-ए-सुख़न दे दी गयी।

सौ रुपये की एक कप चाय

फ़िराक़ साहब के घर में कोई नौकर मौजूद नहीं था। चाय पीने की इच्छा की तो इधर-उधर आदमी तलाश करने लगे और सड़क तक आ निकले।

एक रिक्शा वाला जा रहा था। उसको रोककर बोले "ऐ भाई ! एक कप चाय लेते आओगे ? मैं यहाँ रहता हूँ (अपने घर की ओर इशारा किया।) फ़िराक़ ने पैसे दिये और रिक्शा वाला चला गया।

एक घण्टा बीत गया और वो वापस नहीं आया। फ़िराक़ साहब फिर सड़क तक गये और बेचैनी से इधर उधर देखने लगे। इसी बीच फ़िराक़ साहब का एक छात्र उधर से गुज़र रहा था जो उनको देखकर रुक गया।

छात्र बोला "फ़िराक़ साहब क्या हुआ? आप परेशान क्यों दिख रहे हैं?"

फ़िराक़ साहब बोले "भई! एक रिक्शे वाले को घण्टे भर पहले चाय लेने भेजा था, अभी तक नहीं आया।"

"कितने पैसे दिये थे आपने?" छात्र ने पूछा।

फ़िराक़ बोले "सौ रुपये की एक नोट दी थी।"

छात्र ने सिर पकड़ लिया और बोला "फ़िराक़ साहब आपने एक चाय के लिए सौ की नोट दे दी। अब भला क्या रिक्शा वाला वापस आयेगा?"

पक गया था "जी हुज़ूर" से

फ़िराक़ साहब के छात्र रहे एक साहब बताते हैं कि एक दिन वो फ़िराक़ साहब से मिलने उनके घर पहुँचे। फ़िराक़ साहब किसी दूसरे साहब से गुफ़्तगू कर रहे थे सो ये धीरे से जा से कर सामने वाली कुर्सी पर बैठ गये।

गुफ़्तगू हो रही थी। फ़िराक़ साहब कुछ भी बोलते तो सामने बैठे हुए साहब.उनके जुमले के आख़िर में "जी हुज़ूर, हाँ हुज़ूर" बोलते जा रहे थे। क़रीब आधे घण्टे बीत गये और ये सिलसिला यूँ ही चलता रहा। वो साहब कभी सिर हिलाते और कभी जी हुज़ूर, "सही फ़रमाया आपने" बोलते।

आख़िरकार तंग आकर फ़िराक़ साहब बोल पड़े "अरे ! भाई कभी तो ना कहिए। घण्टे भर से मैं जो भी बोलता जा रहा हूँ उस पर आप बस जी हुज़ूर, हाँ हुज़ूर किये जा रहे हैं। अरे एक बार तो ना-इत्तेफ़ाक़ी ज़ाहिर करिए ताकि ये लगे कि दो इन्सान आपस में बात कर रहे हैं।"

फ़िराक़ साहब की झल्लाहट देखते ही ये साहब उठे और फ़िराक़ साहब को सलाम करते हुए धीरे से निकल लिए। फ़िराक़ साहब के छात्र जो कबसे ये मंज़र देख रहे थे ज़ोर-ज़ोर से हँसने लगे। फ़िराक़ साहब इनसे मुख़ातिब हो कर बोले "भाई मैं तंग आ गया था इस शख़्स से। अच्छा हुआ तुम आ गये।"

फ़िराक़ साहब ने नौकर को चाय लाने को कहा और माहौल दोबारा ख़ुशनुमा हो गया।

भागो! फ़िराक़ खड़े हैं

एक मुशायरे को अंजाम देने के बाद सभी शायर होटल के हॉल में बैठे गपशप कर रहे थे। क्या ही बढ़िया महफ़िल लगी थी। जोश मलीहाबादी, साग़र निज़ामी और भी कई नामवर शो'अरा मौजूद थे। फ़िराक़ साहब तो थे ही। शराब का दौर चलने लगा कि इतने में एक नौजवान लड़का दौड़ते हुए आया और सीधे फ़िराक़ साहब के क़दमों में गिर गया और बोला "फ़िराक़ साहब आप बहुत महान हैं। मैं आपको बहुत चाहता हूँ। आपसे मिलने की बड़ी तमन्ना थी सो अब पूरी हुई। अब मैं आपको एक क़िस्सा सुनाना चाहता हूँ।"

फ़िराक़ साहब पहले तो ज़रा घबराये फिर बोले "कैसा क़िस्सा? अच्छा बरखुरदार सुनाओ।"

वो लड़का बोला "एक दिन मैं सड़क पर जा रहा था कि देखा एक बरात गुज़र रही है। एक बड़ा-सा हाथी बारात के आगे-आगे चल रहा है जिस पर दूल्हा बैठा है लेकिन कुछ दूर चलते-चलते बारात रुक गयी। मैंने जाकर देखा तो हाथी ज़मीन पर बैठ गया था। सभी लोग परेशान हो गये। महावत ने लाख कोशिश की पर हाथी टस से मस न हुआ।"

दूल्हे के पिता बहुत परेशान हो रहे थे क्योंकि बारात को देर हो रही थी और हाथी का यूँ रुक जाना एक अशुभ बात भी थी। इतने में एक पन्द्रह-सोलह बरस का लड़का दूल्हे के पिता के पास आया और बोला "अगर आप मुझे पचास रुपये देने का वादा करें तो मैं हाथी को उठा दूँगा। दूल्हे के पिता ने कहा "अजी पचास क्या! सौ रुपये दूँगा अगर तुमने हाथी को उठा दिया।"

लड़के ने कहा ठीक है अब आप देखते जाइए।

सब लोग हैरान थे कि इतना बड़ा दावा लड़के ने आख़िर कैसे कर दिया। लड़का हाथी के पास गया और हाथी के कान में कुछ कहने लगा। लड़के की बात सुनते ही हाथी उठ खड़ा हुआ और दुम दबाकर भागने लगा।

सभी शायर बड़ी ग़ौर से क़िस्सा सुन रहे थे। लड़का कुछ एक पल रुका तो फ़िराक़ साहब बोले "अरे! उस लड़के ने हाथी के कान में ऐसा क्या कह दिया कि हाथी सीधे भागने लगा?"

नौजवान लड़के ने फ़िराक़ साहब की ओर देखते हुए कहा "हुज़ूर, उस लड़के ने हाथी के कान में कहा, अबे साले! तेरे पीछे फ़िराक़ खड़े हैं। भाग जा वरना तेरी शामत आ जायेगी।"

ये बोलकर वो नौजवान लड़का भाग खड़ा हुआ और फ़िराक़ साहब हक्का-बक्का रह गये।

सभी शायर पेट पकड़ कर हँसने लगे और क़हक़हों से पूरा हॉल गूँज उठा।

बहुत हुई क़व्वाली

एक मुशायरे में फ़िराक़ साहब की शिरकत हुई। रात काफ़ी हो चुकी थी। फ़िराक़ साहब बुज़ुर्ग हो चले थे सो देर रात तक जागना और बैठे रहना उनके लिए एक बड़ा मसअला हो जाता था। फ़िराक़ साहब स्टेज पर बैठे-बैठे पहलू बदल रहे थे लेकिन उनका नाम नहीं पुकारा जा रहा था। माइक पर एक से एक लोकल शायर अपना कलाम पढ़ रहे थे। उनमें से कुछ तो भारी भरकम डील-डौल के और बड़ी-बड़ी दाढ़ी वाले थे। वे सब अपना कलाम गा-गा कर सुना रहे थे।

इधर फ़िराक़ साहब के दिल पर छुरियाँ चल रहीं थी क्योंकि फ़िराक साहब को तरन्नुम से पढ़ने वाले फूटी आँख नहीं भाते थे।

दो एक बार तो फ़िराक़ साहब उठ के जाने लगे लेकिन प्रबन्धक साहब ने उनको रोक लिया।

आख़िरकार फ़िराक़ साहब की बारी आ गयी। फ़िराक़ साहब माइक पर पहुँचे। पहले बड़ी-बड़ी दाढ़ी वाले तरन्नुम के शायरों की तरफ़ ग़ुस्से से निगाह की जो इत्तेफ़ाक़न एक साथ बैठे हुए थे।

फिर मजमे की तरफ़ देख कर बोले "अभी तक आप लोग क़व्वाली सुन रहे थे। अब शे'र सुनिए।"

ये सुनते ही लोग ज़ोर-ज़ोर से हँसने लगे और बड़ी-बड़ी दाढ़ियों वाले सभी शायर अपनी दाढ़ी में मुँह छुपाने लगे।

गधे का गोबर

एक बार फ़िराक़ साहब को हैदराबाद जाना पड़ा। वहाँ रोज़ कुछ अदब-शनास लोग उनसे मिलने आते और घण्टों गुफ़्तगू का सिलसिला चलता रहता। कुछ दिनों बाद एक साहब भी मिलने पहुँचे, जो निज़ाम के ख़ानदान से ताल्लुक़ रखते थे। आते ही फ़िराक़ साहब को अपनी कहानी सुनाने लगे। पहले अपने पुरखों की बड़ाई की फिर धीरे-धीरे अपने कारनामे बताने लगे जैसे–

मैं भी शायर हूँ।
मैं मज़मून भी लिखता हूँ।
मैंने फ़ारसी में एक किताब लिखी है।
एक किताब मैंने अंग्रेज़ी में भी लिखी है।
उर्दू में मेरी एक किताब छप चुकी है।
फ़लाँ सन् में गांधी जी मेरे घर पर रुके थे और खाना भी खाया था।
फलाँ सन् में नेहरू जी मेरे मेहमान बने और मेरे घर चाय पी।
फ़लाँ सन् में जिन्नाह मेरे यहाँ आये और दो दिन ठहरे।
वग़ैरा वग़ैरा।"

ये साहब ऐसे ही हर दिन आ जाते और अपना बखान करने लगते। ये सब सुन-सुन कर फ़िराक़ साहब के कान पक चुके थे और बर्दाश्त करना मुश्किल हो रहा था।

एक दिन फिर से ये साहब फ़िराक़ साहब के पास आये और अपना बखान करना चालू कर दिया। फ़िराक़ साहब "मैंने ग़ालिब पर एक मज़मून लिखा था जो छप चुका है और मैंने शेक्सपियर पर भी एक मज़मून लिखा है।"

बखान सुनते-सुनते फ़िराक़ साहब अपने आपे से बाहर हो गये और झल्लाकर बोले–"अरे मियाँ! आपने अगर गधे के गोबर पर भी कुछ लिखा हो तो ज़रा वो भी सुना दीजिए।"

वो साहब ठीक से सुन नहीं पाये। कहने लगे "क्या फ़रमाया आपने?"

फ़िराक़ साहब झल्ला के बोले "गधे के गोबर के बारे में भी कुछ लिखा है आपने? वो भी बता दीजिए।"

अब बात उनकी समझ में आ गयी। हक्के-बक्के रह गये और बोले

"लाहौल-वला क़ूवत! ये कैसी बातें कर रहे हैं आप?"

फ़िराक़ साहब कुछ न बोले। फ़िराक़ साहब को शान्त देखकर ये साहब उठे और फ़ौरन वहाँ से चले गये फिर किसी दिन न आये।

फ़िराक़ साहब के बाक़ी दिन चैन से गुज़रे।

शुक्रिया नहीं कहूँगा...

फ़िराक़ साहब के घर पर स्टूडेंट्स का एक टोला अक्सर मौजूद रहता था। फ़िराक़ साहब को इन नौजवान स्टूडेंट्स से बात करना बेहद पसन्द था। घण्टों बैठकर अलग-अलग टॉपिक्स पर गुफ़्तगू होती और साथ में चाय-नाश्ता।

एक दिन यूँ ही गुफ़्तगू के दौरान फ़िराक़ साहब किसी ख़याल में गुम थे।

सिगरेट उठाकर होंठों में दबायी और कुछ सोचने लगे। फिर एक दियासलाई जलायी और बुझा दी। फिर से एक दियासलाई जलायी और सिगरेट तक लाते-लाते वो भी बुझ गयी। दो-तीन बार जब यही प्रकरण चला तो सामने बैठीं एक स्टूडेंट जिनका नाम शशि था, उन्होंने एक दिया सलाई जलायी और बोलीं "हुज़ूर May I?"

और आख़िरकार फ़िराक़ की सिगरेट जल गयी।

फ़िराक़ साहब अब अपने ख़यालों से बाहर आ चुके थे। शशि जी से कहने लगे " आपको शुक्रिया नहीं कहूँगा क्योंकि जब मैं सिगरेट जलाता हूँ तो उसका एक एक लम्हा enjoy करता हूँ।

दिया सलाई निकालना, जलाना, लौ का आना, धुआँ उठना।

आपने मुझसे ये आनन्द छीन लिया। But still I obliged you.

बैंगन में कायनात

फ़िराक़ साहब को पेड़-पौधों से ख़ासा लगाव था। एक बार उनके लॉन में एक छोटा-सा बैंगन का पौधा ख़ुद-ब-ख़ुद उग आया। फ़िराक़ साहब का दिल उस पौधे से लग गया।

नौकर को हिदायत दी गयी कि "पौधा सूखने न पाये।" कुछ दिन बाद उसमें एक छोटा-सा बैंगन भी निकल आया। अब हर सुबह फ़िराक़ साहब बैठ कर उस छोटे से बैंगन को प्यार से तकते।

कुछ दिन बाद फ़िराक़ साहब को इलाहाबाद से बाहर जाना पड़ा। नौकर को हिदायत कर के गये कि "मेरी ग़ैर-मौजूदगी में बैंगन का ख़ास ख़याल रखा जाये। कुछ भी हो लेकिन बैंगन सही-सलामत रहना चाहिए।"

एक हफ़्ते बाद फ़िराक़ साहब वापस आये तो सीधे बैंगन के पौधे के पास जा पहुँचे। देखते हैं कि पौधे से बैंगन ग़ायब है। ग़ुस्से में नौकर को आवाज़ दी। नौकर भागता हुआ आया। फ़िराक़ साहब ने पूछा "आख़िर बैंगन को क्या हुआ?

नौकर बोला "हुज़ूर! मैं झाड़ू लगा रहा था तभी ग़लती से बैंगन पर झाड़ू लग गया और वो टूट गया।"

फ़िराक़ साहब आग-बबूला हो गये। बोले "ये तुमने क्या किया? तुम्हारी एक महीने की तनख़्वाह काटी जायेगी।"

नौकर बोला "अरे बाबू। इस दो पैसे के बैंगन के लिए आप मुझे इतनी बड़ी सज़ा क्यों दे रहे हैं? आप कहिए तो मैं बाज़ार से ढेर सारे बैंगन ले आऊँ।"

अब फ़िराक़ साहब चिल्ला पड़े और बोले "ये दो पैसे का बैंगन था? अरे! तुम क्या जानो कि वो बैंगन क्या था? उसको क़ुदरत ने ख़ुद पैदा किया था। सुबह-सुबह सूर्य की किरणें किस श्रद्धा से उसका तवाफ़ करती थीं। हवाएँ कितने अदब से उसको छूकर गुज़रती थीं। वो बैंगन नहीं था बल्कि अपने आप में एक कायनात समेटे था लेकिन रहने दो। भला तुम क्या समझोगे इस बात को। जाओ! अन्दर जाओ। तुम्हारी तनख़्वाह नहीं काटी जायेगी।"

फ़िराक़ साहब ग़मज़दा होकर कुर्सी पर बैठ गये और रात को बिना खाना खाए ही सो गये।

फ़िराक़ और साग़र निज़ामी की गुत्थम-गुत्था

कश्मीर में एक मुशायरा था। मुशायरा ख़त्म होने के बाद फ़िराक़ साहब, जोश मलीहाबादी और साग़र निज़ामी डल झील देखने गये। एक हाउस बोट में बैठे और क़ुदरत का नज़ारा लेने लगे। सब कुछ अच्छा चल रहा था कि शराब का दौर चल पड़ा। पीने के बाद फ़िराक़ साहब को मस्ती सूझी। फ़िराक़ साहब ने जोश के कन्धे पर हाथ रखा और साग़र निज़ामी की तरफ़ इशारा कर के बोले "जोश! ये कौन है?"

जोश साहब समझ गये कि फ़िराक़ की क्या मंशा है। कहने लगे "देखो फ़िराक़! अपनी और हमारी शाम ख़राब न करो। शान्त रहो।"

फ़िराक़ ये बात सुन कर चुप हो गये। फिर इधर-उधर की बात करते हुए बोले "जोश तुम मुझे बताओ या न बताओ लेकिन ये लौंडा साग़र निज़ामी है।"

और इस लौंडे को ख़ुदा के हुज़ूर ये दावा है कि ये शायर है हालाँकि मेरा बटलर (नौकर) भी इससे अच्छे शेर कह लेता है।

ये सुनते ही साग़र निज़ामी से न रहा गया और वो भी फ़िराक़ को उल्टा-सीधा कहने लगे और देखते ही देखते दोनों में गुत्थम-गुत्था हो गयी। जोश साहब बेचारे दोनों को छुड़ाते ही रह गये।

उल्टे पाँव भागे वीसी साहब

बारिश का मौसम था। हमेशा की तरह फ़िराक़ के घर पर कुछ लोग बैठे थे। फ़िराक़ साहब की एक घड़ी जिसे वो अपने पास रखते थे वो कहीं गुम हो गयी थी। फ़िराक़ साहब उस को ढूँढ़ रहे थे और ख़ासा परेशान दिख रहे थे कि इतने में कुलपति साहब की मोटर कार उनके घर के बाहर आकर रुकी।

कुलपति साहब धीरे से कमरे में आये और बोल पड़े "क्या मैं फ़िराक़ गोरखपुरी से मिल सकता हूँ?"

फ़िराक़ साहब चिल्ला पड़े "नहीं मिल सकते। चले जाइए यहाँ से अभी।"

बेचारे कुलपति महोदय चुपचाप उल्टे पाँव वापस जाने लगे।

इतने में फ़िराक़ साहब की एक स्टूडेंट कुलपति महोदय के पास गयीं और बोलीं "आप नाराज़ न हों, फ़िराक़ साहब अभी कुछ परेशान हैं अभी जब उनका मूड सही होगा तो वो आप को बुला लेंगे। आप कुछ देर गाड़ी में इन्तिज़ार करिए।"

थोड़ी देर बाद फ़िराक़ साहब का मूड सही हुआ तो बोले "ऐ भाई! अभी कोई मुझसे मिलने आया था क्या? मैं देख नहीं पाया। मैंने शायद बदतमीज़ी कर दी होगी। जल्दी जाकर बुला लाओ उनको।"

कुलपति महोदय बाहर गाड़ी में ही बैठे थे। एक स्टूडेंट जल्दी से उनको बुलाकर अन्दर ले आया और इस प्रकार कुलपति महोदय फ़िराक़ साहब से मिल पाये।

फ़िराक़ साहब और चोर का क़िस्सा

उम्र के आख़िरी दिनों में फ़िराक़ साहब बिल्कुल तन्हा हो गये थे। बेटियों की शादी हो चुकी थी और किशोरी देवी (फ़िराक़ साहब की पत्नी) मायके में ही रहने लगीं थीं। सूना घर काटने को दौड़ता था। दिन तो बहरहाल किसी तरह कट जाता था लेकिन रात नहीं कटती थी। बस एक नौकर होता था घर में और कभी-कभार तो वो भी नहीं।

सर्दियों का मौसम था। पन्ना किसी काम से बाहर गया था और फ़िराक़ साहब घर में अकेले एक कुर्सी पर बैठे थे। रात हो चली थी। इतने में फ़िराक़ साहब को पीछे वाले कमरे में कुछ खट-पट सुनायी दी।

फ़िराक़ साहब बोले "कौन है?"

कोई जवाब नहीं आया...

थोड़ी देर बाद एक आदमी हाथ में चाकू लिए फ़िराक़ साहब के पास आया और कहने लगा "जल्दी से रुपये निकालो।"

फ़िराक़ साहब कुछ देर चुप रहे फिर बोले "देखो भाई! अगर तुम जान लेना चाहते हो तो मैं कुछ नहीं कह सकता लेकिन अगर तुम्हें रुपये चाहिए तो वो मेरे पास नहीं है। नौकर बाज़ार गया हुआ है। अभी आता ही होगा। तुम बैठ जाओ। वो जब आ जायेगा तब मैं तुम्हें पैसे दिलवा दूँगा।"

चोर फ़िराक़ साहब की कुर्सी के पास नीचे ज़मीन पर बैठ गया।

थोड़ी देर बाद फ़िराक़ साहब बोले "अच्छा हुआ तुम आ गये, मैं बहुत अकेलापन महसूस कर रहा था।" फ़िराक़ ने कुछ देर बाद चोर को बीड़ी पीने को भी दे दी। जब नौकर वापस आया तो फ़िराक़ साहब ने चोर को कुछ पैसे दिलवाए और रुख़्सत किया।

फ़िराक़ साहब ने अपने अकेलेपन को इस शे'र में व्यक्त किया है

उजले उजले से कफ़न में सहर-ओ-शाम 'फ़िराक़'
एक तस्वीर हूँ मैं रात के कट जाने की

ख़तरनाक हथियार

एक बार फ़िराक़ साहब अपने छोटे भाई से मिलने लखनऊ आये। दो-तीन दिन ठहरने के बाद बोले "कहीं घूमने चला जाये।" एक साहब जो वहीं मौजूद थे बोल पड़े "फ़िराक़ साहब लखनऊ का म्यूज़ियम घूमने चलते हैं। उसमें एक नया "आर्म्स हॉल (शस्त्र-ग्रह) बना है जहाँ जदीद हथियार रखे हैं।

शाम को सभी लोग म्यूज़ियम घूमने गये और नये आर्म्स हॉल को देखा। म्यूजियम से निकलते वक़्त फ़िराक़ साहब बोले "भाई! तुम्हारा ये आर्म्स-हॉल ना-मुकम्मल है।"

वो साहब बोले "भला वो कैसे फ़िराक़ साहब?"

फ़िराक़ साहब बोले "अरे इसमें सबसे ख़तरनाक हथियार तो रखा ही नहीं है।"

कौन-सा हथियार फ़िराक़ साहब?

"अरे 'औरत की ज़बान।' वो तो इसमें रखी ही नहीं है।"

ये सुनते ही वो साहब ज़ोर-ज़ोर से हँसने लगे।

फ़िराक़ साहब का पुतला

एक बार नगर पालिका के कुछ बड़े अफ़सर फ़िराक़ साहब के घर तशरीफ़ लाये। फ़िराक़ साहब ने उनका स्वागत किया। चाय-नाश्ते के बाद एक अफ़सर ने कहा–

"फ़िराक़ साहब आपको जानकर ख़ुशी होगी कि नगर पालिका ने आपका एक पुतला बैंक रोड चौराहे पर लगाने का फ़ैसला किया है। आप इन काग़ज़ात पर दस्तख़त कर दीजिए।

फ़िराक़ साहब भड़क गये। ग़ुस्से का ज्वालामुखी फूट पड़ा, चिल्लाकर बोले "निकल जाइए यहाँ से आप सब। इतना ज़लील ख़याल आपके मन में आया भी कैसे?"

अफ़सरान समझ ही नहीं पाये कि उनसे क्या ग़लती हो गयी जो फ़िराक़ साहब ऐसे भड़क उठे, क्योंकि बात तो ख़ुशी की थी।

फ़िराक़ साहब ने कहा "अब ये दिन आ गये हैं मेरे कि बीच सड़क पर मेरा पुतला होगा और उस पर कौव्वे और कबूतर बीट किया करेंगे। आइंदा ऐसा ज़लील ख़याल आये तो अपने बाप का पुतला लगा देना। ख़बरदार जो फ़िराक़ गोरखपुरी का नाम लिया तो।"

सभी अफ़सर चुपचाप पतली गली से निकल गये।

प्रोफ़ेसर साहब की शामत आयी

फ़िराक़ साहब यूँ तो बड़े दिलदार और बातों को टाल देने वाले इन्सान थे लेकिन अगर किसी शख़्स से वाक़ई नाराज़ हो जाते तो फिर मत पूछिए। अक्सर जिस आदमी से वो चिढ़ जाते उस शख़्स के बारे में एक से बढ़ कर एक लतीफ़े और क़िस्से गढ़ते और सबको सुनाते रहते।

एक बार का क़िस्सा है कि फ़िराक़ साहब की एक प्रोफ़ेसर साहब से कुछ कहा-सुनी हो गयी। बात ज़्यादा बढ़ गयी और उन प्रोफ़ेसर साहब ने फ़िराक़ साहब को बुरा-भला तक कह डाला। फ़िराक़ साहब ने ख़ून का घूँट पिया और अपना ग़ुस्सा शान्त किया।

फिर क्या था उन प्रोफ़ेसर साहब के बारे में एक से बढ़ के एक लतीफ़े गढ़ने लगे और सुनाने लगे। फ़िराक़ साहब, डिपार्टमेंट में बैठे अपने एक साथी को क़िस्सा सुनाते हुए बोले "अरे! साहब क्या बताऊँ कुछ दिनों से बड़ा परेशान चल रहा हूँ। मेरे घर के लॉन में जो आँवले का पेड़ है। जब भी उस पर फल आता है आस-पास के छोटे-बड़े लड़के उस पर ईंट और पत्थर की बारिश करने लगते हैं। कमबख़्तों ने परेशान कर रखा है।"

फ़िराक़ साहब के साथी बोले "फ़िराक़ साहब फिर आप उन लड़कों को पकड़िए और हड़काइए। वो फिर ऐसी शरारत नहीं करेंगे।"

फ़िराक़ साहब बोले "अजी किया था। एक दिन मैंने तय किया कि इनमें से किसी एक को ज़रूर पकड़ूँगा और अच्छी ख़ातिर करूँगा। एक डंडा भी मँगवा लिया था। शाम ढल चुकी थी हल्का अँधेरा हो गया था। लड़कों का झुंड आया जिनमें कुछ बड़े लड़के भी दिख रहे थे। शक्ल नहीं दिख रही थी। उन्होंने जैसे ही पत्थर चलाये मैंने दौड़ा लिया।"

एक कम्बख़्त मेरे हाथ आया। जब उसका गिरेबान पकड़ कर घसीटते हुए रौशनी में ले आया तो देखा ये तो फलाने प्रोफ़ेसर साहब हैं।

मैंने डण्डा किनारे रख दिया और कहा "अरे ! मियाँ जाइए। आप कहाँ से मेरे हाथ आ गये।"

ये शायरी है या बूचर की दुकान

फ़िराक़ साहब को लोग क़ायल करने के लिए उनके सामने एक से बढ़कर एक शे'र सुनाया करते थे। एक बार की बात है एक बुज़ुर्ग फ़िराक़ साहब से मिलने आये। शाम को बातचीत का दौर चला तो फ़िराक़ साहब के सामने दाग़ देहलवी की तारीफ़ करने लगे।

दाग़ को ग़ालिब-ओ-मीर से बड़ा बताने लगे। फ़िराक़ साहब ने अर्ज़ किया "मियाँ! माना कि दाग़ अच्छे शायर हैं, उस्ताद कहे जाते हैं। लेकिन उनकी टक्कर ग़ालिब और मीर से न कीजिए।"

वो साहब कहने लगे "अरे! फ़िराक़ साहब दाग़ की शायरी में एक से बढ़कर एक मोती छिपे हैं। उनका यही शे'र देखिए

हम ने उन के सामने अव्वल तो ख़ंजर रख दिया
फिर कलेजा रख दिया दिल रख दिया सिर रख दिया

फ़िराक़ साहब ने बर्जस्ता कहा "मियाँ ये शायरी है या बूचर की दुकान का क़िस्सा?"

ये सुनते ही इन साहब की हवा निकल गयी और बेचारे अपने हाथ मल के रह गये।

जब नेहरू जी ने ली फ़िराक़ से चुटकी

फ़िराक़ साहब आईसीएस की नौकरी से इस्तीफ़ा दे चुके थे। वे कांग्रेस में शामिल हो गये और जवाहरलाल नेहरू ने उनको कांग्रेस का 'अण्डर सेक्रेट्री' बना दिया था। जवाहरलाल नेहरू, ख़ुद उस वक़्त सेक्रेटरी के पद पर थे। फ़िराक़ साहब को आनन्द-भवन में एक दफ़्तर दे दिया गया। फ़िराक़ साहब अपने दफ़्तर में बैठने लगे और अपना कार्य-भार सँभालने लगे।

एक बार की बात है फ़िराक़ साहब को फ़ैशन का चस्का लगा। फ़िराक़ उस वक़्त नौजवान थे सो अपने लिए एक क़मीज़ बनवाई जिसमें रंग-बिरंगे छोटे-बड़े फूल बने थे। फ़िराक़ साहब ये क़मीज़ पहन कर दफ़्तर आने लगे।

एक दिन नेहरू जी की नज़र जब क़मीज़ पर पड़ी तो उन्होंने फ़िराक़ साहब को छेड़ते हुए कहा "अरे! रघुपति, अगर किसी जानवर की नज़र तुम पर पड़ गयी तो तुमको चर जायेगा।"

ये सुनके फ़िराक़ साहब मुस्कुराए और नेहरू जी का इशारा समझ गये।

ये मुशायरा है सब्ज़ी मंडी नहीं

भोपाल के एक मुशायरे में फ़िराक़ साहब को पहुँचने में ज़रा देर हो गयी। मुशायरा अपने शबाब पर था। जैसे ही फ़िराक़ साहब पहुँचे हर कोई उनके इस्तिक़बाल में खड़ा हो गया। फ़ौरन ही फ़िराक़ साहब को माइक पर बुलाया गया। फ़िराक़ साहब ने हस्ब-ए-मामूल दस पन्द्रह मिनट मज़ाहिया क़िस्से सुनाये फिर सिगरेट का एक लम्बा कश खींच कर बोले "हाज़रीन तवज्ज़ोह।"

पूरे मजमे में एक सन्नाटा तारी हो गया। हर कोई फ़िराक़ साहब की ओर टक-टकी लगाये देख रहा था। स्टेज से बिल्कुल सटी पहली सफ़ में कुर्सी पर एक साहब लुंगी और बनियान पहने बैठे थे।

फ़िराक़ साहब ने एक मिसरा पढ़ा। लोग वाह-वाह करने लगे, कि

इतने में ये लुंगी वाले साहब ने ऐसी दाद दी कि पूरे मजमे में सब इनको देख कर हँसने लगे। ये साहब कुछ शर्मिंदा हुए और फ़िराक़ साहब की ओर देखने लगे।

फ़िराक़ साहब हलके ग़ुस्से में इन्हीं साहब को कुछ देर घूरते रहे फिर माइक से बोले "अरे मियाँ आप यहाँ कहाँ आ गये? आपके अब्बा सब्ज़ी मंडी में अपनी दुकान पर अकेले हैं...जाइए जाकर उनका हाथ बटाइए। ये मुशायरा है सब्ज़ी मंडी नहीं।"

ये सुनते ही लोग पेट पकड़ हर हँसने लगे। ये साहब दुम-दबा कर पतली गली से चलते बने।

भागते हुए आये जज साहब

एक दिन फ़िराक़ साहब कॉफ़ी हाउस में बैठे थे। महफ़िल सजी हुई थी। हाई-कोर्ट के वकील, इलाहाबाद यूनिवर्सिटी के प्रोफ़ेसर साहेबान और कुछ राजनेता सब बैठकर फ़िराक़ साहब को सुन रहे थे। इतने में एक साहब अपने लड़के को लिए कॉफ़ी हाउस में आये और एक कोने में कुर्सी लेकर बैठ गये। जब फ़िराक़ साहब की गुफ़्तगू ख़त्म हुई तो उन्होंने अपना परिचय दिया और किसी बात पर फ़िराक़ साहब से गुफ़्तगू करने लगे। कुछ देर बाद वे फ़िराक़ साहब से बहस करने लगे। गाली-गलौज की नौबत आ गयी। फ़िराक़ साहब के चाहने वालों ने उस आदमी को कॉफ़ी-हाउस से बाहर निकाल दिया।

दो-तीन दिन बाद शाम को वही साहब अपने लड़के को लिए फ़िराक़ साहब के घर पहुँचे। फ़िराक़ साहब उनको पहचान गये लेकिन कुछ न बोले बल्कि उनको बिठाया और चाय-नाश्ता करवाया। ये साहब फ़िराक़ साहब के आगे हाथ जोड़कर बोले "मुझको माफ़ कर दीजिए हुज़ूर। मैं तो उस दिन आपसे किसी काम के सिलसिले में मिलने आया था। जाने क्या हुआ कि मैं आपसे लड़ बैठा। मैं बहुत शर्मिंदा हूँ।"

फ़िराक़ साहब बोले "आपको माफ़ी माँगने की कोई ज़रूरत नहीं है, आप अपना काम बताइए।"

ये साहब कहने लगे कि "ये मेरा लड़का है। इसने टाइपिंग का कोर्स कर लिया है। अगर आप इसकी कहीं नौकरी लगवा देते तो बड़ी मेहरबानी होती। हमारे घर में कोई कमाने वाला नहीं है। फ़ाके की नौबत आ चुकी है। इसको नौकरी मिल जाती तो हमारा भला हो जाता।"

फ़िराक़ संजीदा हो गये। थोड़ी देर कुछ सोचते रहे फिर बोले "आप ऐसा करिए, कल सुबह ठीक आठ बजे मेरे घर आ जाइए। साथ में दो रिक्शे भी लेते आइएगा। एक अपने लिए और दूसरा मेरे लिए। लेकिन याद रखिएगा कि ठीक आठ बजे ही आइएगा। अगर आप को देर हुई तो मैं आपका काम नहीं करूँगा।"

"जी बेहतर फ़िराक़ साहब। मैं कल ठीक आठ बजे हाज़िर हो जाऊँगा।" ये साहब बोले और सलाम करते हुए चले गये।

दूसरे दिन ये साहब रिक्शा लेकर ठीक आठ बजे पहुँच गये। फ़िराक़ साहब तैयार होकर बाहर लॉन में बैठे हुए थे। फ़िराक साहब रिक्शे पर बैठे और सिविल लाइंस किसी जज साहब के बँगले पर चलने को कहा। थोड़ी देर में जज साहब के बँगले पर पहुँच गये।

फ़िराक़ साहब रिक्शे से उतरे और फ़ौरन बाहर से ही जज साहब का नाम लेकर पुकारने लगे। कुछ लोग बाहर लॉन में बैठे थे जो फ़िराक़ साहब को पहचान गये और अन्दर ले गये। फ़िराक़ साहब कहने लगे "भाई जज साहब को बुलाओ मैं बड़ी मुसीबत में हूँ।"

इधर जज साहब ने फ़िराक़ साहब की आवाज़ सुन ली थी सो बाहर भागे चले आये। बेचारे शेव कर रहे थे। पूरी शेव किए बिना ही सेफ्टी रेज़र हाथ में लिए बाहर आ गये और बोले "क्या हुआ हुज़ूर? आप बहुत परेशान लग रहे हैं।"

फ़िराक़ साहब बोले "परेशान! भाई मैं फाँसी के तख़्त पर लटका हुआ हूँ। आप जल्दी से तैयार हो के आइए। जज साहब दस मिनट के अन्दर तैयार हो के बाहर आ गये। सबके लिए चाय मँगवायी गयी।

जज साहब बोले " जी हुज़ूर फ़रमाइए।"

फ़िराक़ साहब कहने लगे ये साहेबान मेरे बहुत ख़ास मित्र हैं। इनकी स्थिति बहुत दयनीय है फिर भी ये मेरा बहुत ख़याल रखते हैं। मेरे खाने-पीने का इन्तज़ाम अक्सर किया करते हैं। ये इनका बेटा है। इसने टाइपिस्ट का कोर्स कर लिया है। आप इसको कहीं नौकरी पर लगवा दें तो मुझ पर बड़ा एहसान होगा।

जज साहब बोले "इसमें कौन-सी बड़ी बात है हुज़ूर।"

फिर लड़के की ओर मुख़ातिब हो के बोले "बेटा एक एप्लीकेशन लिख के मेरे ऑफ़िस में दे देना, तुम्हारा काम हो जायेगा।"

फ़िराक़ साहब कहने लगे "अरे भाई! ये लड़का कहाँ एप्लीकेशन लिखता फिरेगा। एप्लीकेशन तो आज कल एम.ए, बी.ए. पास लड़के नहीं लिख पाते। आप अपने स्टेनो को कह के एप्लीकेशन डिक्टेट कर दीजिए। ये लड़का दस्तख़त कर देगा और हाँ आज ही इसकी नौकरी पक्की कर दीजिए और कल आप मेरे घर आ के मुझसे मिलिए।"

जज साहब ने अपने स्टेनो को आवाज़ दी और एप्लीकेशन डिक्टेट करने लगे। लड़के ने दस्तख़त किए और काम हो गया।

अगले दिन जज साहब फ़िराक़ साहब से मिलने आये और बताया कि लड़के को हाई-कोर्ट में टाइपिस्ट रख लिया गया है।

फ़िराक़ साहब ये सुनके बहुत ख़ुश हुए और जज साहब से मुफ़लिसी पर गुफ़्तगू करने लगे।

मिस्टर दारूवाला

देहली के एक मुशायरे से लौटते वक़्त ट्रेन में फ़िराक़ साहब अपने दोस्त-अहबाब से गुफ़्तगू कर रहे थे। दूसरी सीट पर एक साहब जो पारसी थे और सुख़न-शनास मालूम पड़ते थे फ़िराक़ साहब को पहचान गये। बड़े अदब से फ़िराक़ साहब के पास आये और उनको सलाम किया। फ़िराक़ साहब ने बसद एहतराम उनको अपने बग़ल में बिठाया और उनका त'अर्रुफ़ पूछा।

उन साहब ने कहा "जी! फ़िराक़ साहब! मेरा नाम पी. दारूवाला है। आप मुझे मिस्टर दारूवाला कह सकते हैं।"

फ़िराक़ साहब ने फिर उनसे बातचीत करनी शुरू की और धीरे-धीरे सफ़र अपने इख़्तिताम की ओर बढ़ चला। अब अगला स्टेशन इलाहाबाद था सो फ़िराक़ साहब उतरने की तैयारी करने लगे।

आख़िरकार ट्रेन रुकी और फ़िराक़ साहब उतरने लगे। मिस्टर दारूवाला फ़िराक़ साहब से हाथ मिलाते हुए बोले "फ़िराक़ साहब आप अपने घर का पता दे दीजिए। कभी वक़्त मिला तो आपसे मिलकर तफ़सीली गुफ़्तगू होगी।"

फ़िराक़ साहब बोले "जी, मैं बैंक रोड पर रहता हूँ। आप वहाँ पहुँचकर बस अपना नाम 'दारूवाला' किसी को भी बता दीजिएगा। वो आपको मेरे मकान तक पहुँचा देगा।"

ये सुनते ही मिस्टर दारूवाला हँसने लगे और फ़िराक़ साहब को दोबारा सलाम किया। ट्रेन आगे बढ़ गयी और फ़िराक़ साहब प्लेटफ़ॉर्म से बाहर की ओर निकल गये।

ग़लत वक़्त आ पहुँचे हरिशंकर परसाई

हिन्दी के मशहूर लेखक और व्यंगकार हरिशंकर परसाई जी जबलपुर से इलाहाबाद आये। सीधे फ़िराक़ साहब से मिलने उनके घर पहुँचे। उस वक़्त रात के लगभग आठ बज रहे थे। परसाई जी ने दरवाज़ा खटखटाया। फ़िराक़ साहब के नौकर ने दरवाज़ा खोला और उनका परिचय जानकर फ़िराक़ साहब को इत्तेला दी कि हरिशंकर परसाई जी आये हैं।

फ़िराक़ साहब बाहर के कमरे में आये। परसाई जी खड़े हो गये। इससे पहले कि परसाई जी कुछ कहते फ़िराक़ साहब बोले " देखिए आप ग़लत वक़्त पर आये हैं। ये वक़्त बात करने का नहीं है। यह मेरी मय-नोशी का वक़्त है लिहाज़ा अच्छा रहेगा आप कल सुबह तशरीफ़ लाइए।"

परसाई जी ने फ़िराक़ साहब को नमस्कार किया और धीरे से चलते बने।

मैं तो गाली दे सकता हूँ!

एक बार फ़िराक़ साहब की बहस इलाहाबाद यूनिवर्सिटी के किसी शो'बे के हेड ऑफ़ डिपार्टमेंट से हो गयी।

फ़िराक़ साहब ग़ुस्से में स्टाफ़-रूम लौटे और उन साहब का नाम ले लेकर उनको बुरा-भला कहने लगे। फ़िराक़ साहब के बग़ल में बैठे एक जूनियर प्रोफ़ेसर, फ़िराक़ साहब की बातों पर उनके समर्थन में सिर हिलाने लगे।

ये देखते ही फ़िराक़ साहब भड़क गये और बोले कि "ऐ भाई! आप क्यों मूडी (सिर) हिला रहे हैं। मैं तो उसको गाली दे सकता हूँ और बुरा-भला कह सकता हूँ क्योंकि वो मेरा क्लास-फ़ेलो रह चुका है। मगर आप तो उनके स्टूडेंट रहे हैं। आप को इस बात का अदब करना चाहिए।"

फिर उसके बाद फ़िराक़ साहब ने गुरु-शिष्य परम्परा पर उन नौजवान प्रोफ़ेसर साहब को वो लेक्चर दिया के उन्होंने फ़िराक़ साहब के आगे हाथ जोड़ लिए।

मैं तो बदमाश हूँ

लखनऊ में एक मुशायरा था। फ़िराक़ साहब की हाज़री हुई। सभी नौजवान शायर अपना कलाम पढ़ चुके थे फिर बारी आयी आले अहमद सुरूर साहब की। सुरूर साहब बेहद खुशमिज़ाज और सीधे-सादे इन्सान थे। माइक की ओर बढ़े और अपना कलाम सुनाना शुरू किया।

फ़िराक़ साहब अपने बग़ल में बैठे एक साहब से बोले "अरे इस शरीफ़ आदमी को यहाँ कहाँ बुला लिया।"

वो साहब बोले "अरे! फ़िराक़ साहब आप भी तो यहाँ मौजूद हैं।"

इस पर जवाबन फ़िराक़ साहब बोले "अरे भाई! हमारा शुमार तो बदमाशों में होता है।"

ये सुनकर वो साहब मुस्कराने लगे और कहने लगे कि "फ़िराक़ साहब आपकी हाज़िर जवाबी का कोई जवाब नहीं।"

गांधी जी और फ़िराक़ साहब

फ़िराक़ साहब कांग्रेस के अण्डर-सेक्रेटरी हो चुके थे। इसी बीच कांग्रेस की बहुत अहम मीटिंग 'आनन्द भवन' में हुई। गांधी जी समेत मोतीलाल नेहरू, जवाहरलाल नेहरू, अबुल कलाम आज़ाद, रफ़ी अहमद किदवई, मंज़र अली सोखता और कांग्रेस के अन्य वरिष्ठ लोग हलका बनाकर बैठे हुए थे। किसी अहम मसले पर गांधी जी सबकी राय ले रहे थे।

जब फ़िराक़ साहब की बारी आयी तो गांधी जी ने उन्हें यूँ सम्बोधित किया "एण्ड व्हाट इज़ योर आइडिया माय डियर यंग सर।"

इस पर फ़िराक़ साहब शर्माते हुए बोले "हुज़ूर! मेरे लिए 'यंग सर' तो केवल आप ही हैं।"

फ़िराक़ साहब के इस जवाब को सुनकर सभी लोग मुस्कराने लगे।

सरदार जाफ़री हक्के-बक्के रह गये

एक बार इलाहाबाद में एक मुशायरा होना था। उर्दू नज़्म के नौजवान शायर अली सरदार जाफ़री भी बुलाए गये। फ़िराक़ साहब ने सरदार जाफ़री को अपने घर पर मेहमान किया। ख़ूब ख़ातिर तवज्ज़ोह की। एक से बढ़कर एक खाना-पीना, चाय-नाश्ता और न जाने क्या क्या उनकी ख़िदमत में पेश किया।

दो दिन ऐसे ही गुज़रे। शाम को मुशायरा था। फ़िराक़ साहब को लेने एक कार भेजी गयी। फ़िराक़ साहब ने सरदार जाफ़री को भी अपने साथ कार में बिठाया और चल दिये। दौरान-ए-सफ़र बातचीत करते रहे और सरदार जाफ़री की नज़्म-निगारी को बहुत सराहा।

कार मैदान में पहुँची और फाटक पर फ़िराक़ साहब के इस्तिक़बाल में बानियान-ए-मुशायरा खड़े थे। फ़िराक़ साहब और सरदार जाफ़री कार से उतरे। जैसे ही उनको स्टेज पर तशरीफ़ लाने को कहा गया, फ़िराक़ साहब बिफर गये और आगे जाने से इन्कार कर दिया।

सब लोग चौंके कि भला ऐसा क्या हो गया?

फ़िराक़ साहब बोले "या तो इस मुशायरे में ये सरदार जाफ़री पढ़ेगा या मैं। आप लोग फ़ैसला कर लीजिए।" ये सुनकर सरदार जाफ़री के पैरों तले ज़मीन खिसक गयी।

बोले "फ़िराक़ साहब मुझसे क्या ख़ता हो गयी?"

फ़िराक़ बोले "जो भी हो या तो तुम पढ़ोगे या मैं।"

लोगों ने लाख समझाया कि फ़िराक़ साहब ज़िद छोड़ दीजिए और स्टेज पर चलिए लेकिन फ़िराक़ साहब टस से मस न हुए।

इतने में ये माजरा देख के लोग इकट्ठा होने लगे। एक मजमा फाटक पर आ गया। हर किसी की ज़बान पर था "क्या हुआ? क्या हुआ?"

सरदार जाफ़री ने फिर से कहा "फ़िराक़ साहब मैं तो आपका मेहमान हूँ। इनायत करिए और अन्दर चलिए।"

फ़िराक़ बोले "होगे मेहमान।"

बानियान-ए-मुशायरा ने हाथ जोड़े लेकिन फ़िराक़ साहब न माने और सबको बुरा-भला कहते हुए कार में बैठ गये और घर वापस आ गये। मुशायरा फ़िराक़ साहब के बिना ही हुआ।

रात को मुशायरा ख़त्म होने के बाद सरदार जाफ़री फ़िराक़ साहब के घर पहुँचे। धीरे से आकर सो रहे।

सुबह उठे तो देखा कि फ़िराक़ साहब के माथे पर कोई शिकन नहीं। आराम से बैठकर अख़बार पढ़ रहे हैं। सरदार जाफ़री डरते हुए सामने गये तो फ़िराक़ साहब ने उनका इस्तिक़बाल किया। नौकर को बोलकर चाय-नाश्ता मँगवाया और बातचीत करने लगे। फ़िराक़ साहब ऐसा बर्ताव कर रहे थे कि जैसे रात को कुछ हुआ ही नहीं।

फ़िराक़ साहब का ये पहलू देखकर सरदार जाफ़री हक्के-बक्के रह गये। शाम को धीरे से अपना सामान लेके फ़िराक़ साहब को सलाम किया और चलते बने।

पाँच सौ रुपये और भेज दो

फ़िराक़ साहब का एक मज़मून किसी बड़े अदबी रिसाले में छपा। काफ़ी मक़बूल हुआ। कुछ वक़्त बाद एडिटर ने फ़िराक़ साहब को पाँच सौ रुपये मुआवजाह भेजा।

फ़िराक़ साहब को ये रुपये मिले तो उन्होंने एक शुक्राना ख़त एडिटर के नाम लिखा "मियाँ एडिटर साहब, आपकी भेजी हुई रक़म हासिल हुई। आपका बहुत शुक्रिया। कम से कम आप और लोगों से बेहतर हैं कि आपने पाँच सौ रुपये मुझे भेजे लेकिन अगर आप पाँच सौ रुपये और भेज देते तो मैं आपको 'बेहतरीन' आदमी समझता।"

शायर साहब की हेकड़ी निकल गयी

फ़िराक़ साहब से मिलने कितने ही लोग आते थे। कुछ अपना काम निकलवाने, कुछ फ़िराक़ की बातें सुनने और कुछ नौजवान शायर इस ग़रज़ से आते थे कि फ़िराक़ साहब उनकी किताब के बारे में दो शब्द लिख दें ताकि उनकी किताब की हैसियत बढ़ जाये और छपने में कोई दिक़्क़त न आये।

एक बार एक साहब शायद इसी ग़रज़ से फ़िराक़ साहब के घर आये। फ़िराक़ से मिलते ही अपना तआरुफ़ कुछ यूँ करवाया "मेरी ग़ज़लें हिन्दोस्तान के हर बड़े रिसाले में छपती हैं। आपने पढ़ीं तो होंगी ही?"

फ़िराक़ साहब ग़ुस्सा गये और अपनी त्योरी चढ़ाकर बोले "रिसालों में तो बवासीर के इश्तेहार भी छपते हैं तो आप क्या समझते हैं, मैं उन्हें भी पढ़ूँ?"

ये सुनते ही शायर साहब उठे और अपना सा मुँह लेकर चले गये।

ये कैसा बैंक है?

फ़िराक़ साहब को 'ज्ञानपीठ पुरस्कार' मिला। पूरे इलाहाबाद में धूम थी। कई दिनों तक मिलने वालों का ताँता लगा रहा। हर कोई फ़िराक़ साहब को बधाई देने पहुँच रहा था। फ़िराक़ साहब को ज्ञानपीठ पुरस्कार मिलने पर एक लाख रुपये का चेक भी मिला। अभी तीन दिन ही गुज़रे थे कि फ़िराक़ साहब पहुँच गये बैंक। सीधे जाकर मैनेजर से बोले "ये रहा चेक! इसको कैश करिए।"

मैनेजर साहब एक लाख का चेक देख के चकरा गये। बोले "फ़िराक़ साहब इसको अभी कैश करना नामुमकिन है।"

मैनेजर साहब का भी कहना सही था क्योंकि उस दौर में बैंक में एक लाख रुपये कैश होना बहुत मुश्किल बात थी।

फ़िराक़ साहब बोले "ये कैसा बैंक है भाई जिसमें पैसा ही नहीं?"

मुझे तो आज के आज ही पैसा चाहिए। फ़िराक़ साहब को बज़िद देख मैनेजर बोला "अच्छा आप कुछ घण्टे रुकिए, मैं इन्तज़ाम करवाता हूँ।

फ़िराक़ साहब बोले "बरख़ुरदार! मैं रुकूँगा नहीं, ये लो चेक और बताओ कहाँ दस्तख़त वग़ैरा करना है। ये पैसे मेरे घर भिजवा देना।"

मैनेजर ने कहा "जी हुज़ूर"

शाम तक फ़िराक़ साहब के घर बैंक वालो ने पैसा भिजवा दिया।

मगर ग़ज़ल तो मुड़ी नहीं...

फ़िराक़ साहब के जानने वाले कई ऐसे शायर थे जो बड़ा ही हल्का कलाम लिखते थे और चाहते थे कि फ़िराक़ साहब उनके कलाम पर दाद दें। कुछ शायर तो उनकी बड़ी ख़िदमत किया करते थे जिसके चलते मजबूरन फ़िराक़ साहब को उनकी झूठी तारीफ़ भी करनी पड़ती थी।

एक ऐसे ही शायर साहब जो ग़ालिबन देहली के रहने वाले थे, फ़िराक़ साहब को बहुत चाहते थे। ये साहब एक सरकारी मुलाज़िम थे और जब कभी भी फ़िराक़ साहब देहली जाते ये उनकी बड़ी ख़िदमत किया करते। शायर साहब बड़े ही हल्के शे'र कहते थे लेकिन हर एक दो साल में अपनी ग़ज़लों का मजमूआ ज़रूर छपवाते।

फ़िराक़ साहब एक बार किसी काम से देहली गये तो इन साहब के घर ठहरे। महाशय फ़ौरन उनकी ख़िदमत में जुट गये। फ़िराक़ साहब के लिए बेहतरीन खाने और अच्छी शराब का इन्तिज़ाम करते और हर वक़्त फ़िराक़ साहब के लिए हाज़िर रहते।

एक शाम अपना नया मजमूआ ले कर फ़िराक़ साहब के कमरे में जा पहुँचे। आदाब किया और बोले "फ़िराक़ साहब ये मेरी ग़ज़लों का नया मजमूआ है, इनायत करिए और कुछ मेरे बारे में लिख दीजिए।"

फ़िराक़ साहब जानते थे कि ये बड़ा हल्का कलाम लिखते हैं मगर इनकी बात न टाल पाये। मजबूरी में एक काग़ज़ पर लिखने लगे

"ये साहब शायर हैं। सरकारी मुलाज़िम हैं...देहली के रहने वाले हैं... अपना कलाम छपवा रहे हैं। मेरी शुभकामनाएँ।"

शायर साहब ख़ुश हो गये लेकिन एक बात उनको खटकी कि फ़िराक़ साहब ने उनके कलाम के बारे में कोई तारीफ़ी जुमला नहीं लिखा।

अर्ज़ करने लगे "फ़िराक़ साहब एक छोटी-सी दरख़्वास्त और है।"

फ़िराक़ साहब ने कहा "जी कहिए।"

शायर साहब ने हाथ जोड़ कर कहा "अगर आप इसमें एक जुमला और बढ़ा दें कि "इन्होंने ग़ज़ल को एक नया मोड़ दिया है तो बड़ा अच्छा होगा।"

फ़िराक़ साहब बरजस्ता बोले "लेकिन भाई! ग़ज़ल तो मुड़ी नहीं!"

ये सुनकर शायर साहब का गला सूख गया। बेचारे आगे कुछ न कह पाये और सलाम कर चलते बने।

बेचारी गा बजा लेती है

लखनऊ से कुछ दूर रायबरेली में एक मुशायरा था। फ़िराक़ साहब भी मौजूद थे। माइक पर एक शायरा अपना कलाम तरन्नुम से पढ़ रही थीं जो कि अपने अन्दाज़ की वजह से आस-पास के ज़िलों में ख़ासी मक़बूलियत हासिल कर चुकी थीं। फ़िराक़ साहब को तरन्नुम से पढ़ने वालों से सख़्त नफ़रत थी।

फ़िराक़ साहब सिर झुकाए बैठे थे कि इतने में उनके बग़ल में बैठे एक शायर साहब ने धीरे से फ़िराक़ साहब के कान में कहा "फ़िराक़ साहब आपका इन शायरा के बारे में क्या ख़याल है?

फ़िराक़ बोले "ठीक है! बेचारी गा-बजा लेती है।"

शायर साहब बोले "जी-जी इसीलिए हमसे ज़ियादा कमा भी लेती है।

पेशाब में ख़ुश्बू

एक बार फ़िराक़ साहब के एक मित्र उनको अपने साथ किसी शादी में ले जाने पर अड़ गये। फ़िराक़ साहब को ये शादी-ब्याह और इसकी रुसूमात से बिल्कुल भी दिलचस्पी नहीं थी। मगर बहुत इसरार करने के बाद वो जाने को तैयार हो गये।

शादी फ़तेहपुर में थी सो ये दोनों लोग हफ़्ता भर पहले ही पहुँच गये। वहाँ पहुँच कर फ़िराक़ साहब का ज़ोरदार इस्तिक़बाल हुआ। शादी का घर होने की वजह से हर घण्टे फ़िराक़ साहब को कुछ न कुछ खाने को पेश किया जाता। कई लोग बस फ़िराक़ साहब के दर्शन को आते और उनको कुछ न कुछ खाने को पूछते। फ़िराक़ इन सब से उकता गये थे।

शादी से पहले कुछ रस्में हुईं जिनमें जबरन फ़िराक़ साहब को बैठाया गया। फ़िराक़ का मूड ख़राब हो चुका था कि इतने में एक साहब बड़ी-सी थाल में चन्दन लेकर आये और अँगूठे में चन्दन लगाकर फ़िराक़ साहब से बोले

"कहाँ लगा दूँ चन्दन?"

फ़िराक़ साहब ग़ुस्से में बोले "ऐसी जगह लगा दो कि पेशाब में ख़ुश्बू आ जाये।"

फ़िराक़ साहब और ईदू बेकर

फ़िराक़ साहब को तरह-तरह के बिस्कुट खाने बहुत पसन्द थे। बिस्कुटों की इतनी खपत थी कि इसके लिए एक साहब ही मुक़र्रर थे जोकि हर दूसरे-तीसरे दिन फ़िराक़ साहब के घर पर बिस्कुट पहुँचा जाया करते थे। उनका नाम था ईदू। लोग उनको ईदू बेकर के नाम से जानते थे।

ईदू साहब बाते करने के बड़े रसिया थे इसलिए फ़िराक़ साहब से उनकी ख़ूब जमती थी। ईदू साहब फ़िराक़ को जिन्नों और परियों की कहानियाँ सुनाते थे और फ़िराक़ साहब बिल्कुल बच्चों जैसे उनकी झूठी-सच्ची कहानियाँ सुनते थे।

एक दोपहर ईदू बेकर अपनी साइकिल पर बिस्कुट का एक बड़ा-सा टिन लेकर फ़िराक़ साहब के घर पहुँचे। बाहर साइकिल खड़ी की और अन्दर तशरीफ़ ले गये। ईदू को देखते ही फ़िराक़ साहब ख़ुश हो गये और उनका हाल-चाल लेने लगे।

थोड़ी देर बाद नौकर से चाय लाने को कहा। इधर ईदू बेकर ने फ़िराक़ साहब को कहानी सुनाना शुरू किया। बताने लगे कि कैसे बचपन में उन्होंने मस्जिद में बहुत सारे जिन्नों को नमाज़ पढ़ते हुए देखा था। कहानी सुनाते-सुनाते शाम हो गयी। अब ईदू साहब ने फ़िराक़ साहब से इज़ाज़त ली और चलते बने। बाहर आकर देखा तो उनकी साइकिल गायब थी।

चीख़ते हुए अन्दर कमरे में आये और बोले "फ़िराक़ साहब मैं तो लुट गया। मेरी साइकिल चोरी हो गयी। उस पर बिस्कुट का एक टिन भी था जिसको मुझे किसी को देना था।

फ़िराक़ साहब बोले "घबराओ नहीं ईदू मियाँ। देखते हैं क्या किया जा सकता है।"

फ़िराक़ साहब ने फ़ौरन ही अपने नौकरों को बुलाया और साइकिल ढूँढ़ने को कहा। नौकर बाहर गये और बैंक रोड और उसके आस पास तलाशी कर के लौटे। साइकिल नहीं मिली।

ईदू साहब रोने लगे और बोले "फ़िराक़ साहब अब मैं काम-धंधा कैसे करूँगा?"

फ़िराक़ साहब बोले "कहीं ये हरकत उन जिन्नों की तो नहीं? और जाइए जिन्नों के पास।"

इस पर ईदू साहब कुछ न बोले।

फ़िराक़ साहब अन्दर गये और डेढ़ सौ रुपये लेकर आये और ईदू साहब को थमा दिए। बोले "मियाँ! तुम्हारी साइकिल मेरे घर से चोरी हुई है तो इसकी ज़िम्मेदारी मैं ही लेता हूँ। एक सौ बीस रुपये में साइकिल आ जायेगी और तीस रुपये आपके बिस्कुट के टिन के। जाइए और दिल छोटा न कीजिए।"

ईदू बेकर, फ़िराक़ साहब के गले लग गये और शुक्रिया करते हुए चले गये। एक दो दिन बाद ईदू बेकर फिर से फ़िराक़ साहब के घर आये। आकर क्या देखते हैं कि उनकी पुरानी साइकिल फ़िराक़ साहब के लॉन में खड़ी है। अन्दर गये तो फ़िराक़ साहब से बोले "हुज़ूर! ये कैसे हुआ।"

फ़िराक़ साहब हँसते हुए बोले "अरे! ईदू मियाँ जिन्नों ने आपकी साइकिल ढूँढ़ दी।

ईदू बेकर बोले फ़िराक़ साहब आपके इतने रुपये मेरे चक्कर में बर्बाद हुए मैं माफ़ी चाहता हूँ।

फ़िराक़ साहब बोले "कोई बात नहीं मियाँ। आप ये पुरानी साइकिल भी लेते जाइए और नयी साइकिल लौटाने की ज़रूरत नहीं है। ये सब आपका ही है।"

ईदू साहब मुस्कुराने लगे और अपने डिब्बे में से कुछ नये जिंजर बिस्कुट फ़िराक़ साहब की ख़िदमत में पेश करने लगे।

नोट–फ़िराक़ साहब ने कुछ लोगों की मदद से चोर का पता लगवा लिया था जिसके पास से साइकिल और बिस्कुट का टिन बरामद हुआ था। चोर पास का ही एक नौकर लड़का था जिसने साइकिल बैंक रोड के ही एक ख़ाली मकान में छुपा दी थी लेकिन इससे पहले कि वो साइकिल बेचता वो पकड़ा गया।

बुरे फँसे सरदार जाफ़री

एक बार मुम्बई में एक अदबी नशिस्त हुई। बहुत से तरक़्क़ी पसन्द नौजवान शायर जैसे कि 'जाँ निसार अख़्तर', 'साहिर लुधियानवी', 'सरदार जाफ़री', 'कैफ़ी आज़मी' आदि मौजूद थे।

फ़िराक़ साहब की बारी आयी और उन्होंने अपना ये शे'र झूमकर पढ़ा–

मौत इक गीत रात गाती थी
ज़िन्दगी झूम-झूम जाती थी

ये शे'र सुनते ही सरदार जाफ़री बोल पड़े "अरे फ़िराक़ साहब ! गुस्ताख़ी मुआफ़ हो मगर आप शे'र सुनाइए, बकवास मत करिए।"

आख़िर फ़िराक़ साहब ये गुस्ताख़ी कहाँ मुआफ़ कर सकते थे। फ़ौरन बोल पड़े "मियाँ मैं तो शे'र ही सुना रहा हूँ, बकवास तो आप कर रहे हैं।"

फिर उसके बाद महफ़िल में फ़िराक़ ने शे'र नहीं सुनाए। हाज़रीन को ज़िन्दगी और मौत के वो-वो फ़लसफ़े सुनाए कि ख़ुद अगर मौत और ज़िन्दगी भी उस महफ़िल में मौजूद होती तो फ़िराक़ साहब से पनाह माँगने लगती।

पेंशन याफ़्ता माशूक़

अमृतसर में एक मुशायरा होना था। फ़िराक़ साहब के साथ 'साहिर होशियारपुरी' भी मौजूद थे। फ़िराक़ साहब अक्सर साहिर साहब से मज़ाक़ किया करते थे। दोनों होटल पहुँचे। फ़िराक़ एक कुर्सी पर बैठ गये और साहिर साहब ने होटल के रजिस्टर में अपना नाम पता भरना शुरू किया। जब रजिस्टर में पेशे का कॉलम आया तो साहिर साहब ने फ़िराक़ साहब से पूछा "क्यों फ़िराक़ साहब पेशे के कॉलम में क्या लिख दूँ?"

फ़िराक़ साहब मुस्कुराते हुए बोले "माशूक लिख दो।"

साहिर साहब हँसने लगे और बोले "अरे! माशूक़ लिख दूँ और इस उम्र में?"

फ़िराक़ बोले "...तो पेंशन याफ़्ता माशूक़ लिख दो।"

साहिर साहब ज़ोर-ज़ोर से हँसने लगे और बोले आप से तो ख़ुदा ही बचाए।

अब तो "हाय" साहब रह गया हूँ

बात सन् 1951 की है। फ़िराक़ साहब गोरखपुर से चुनाव लड़े। काफ़ी मेहनत करने पर भी चुनाव हार गये। यूँ कहा जाये कि ज़मानत ज़ब्त हो गयी तो ग़लत नहीं होगा। फ़िराक़ साहब को अपने चुनाव लड़ने का अफ़सोस और हारने का काफ़ी ग़म था। फ़िराक़ साहब इसका ज़िम्मेदार प्रो. शिब्बन लाल सक्सेना को मानते थे क्योंकि उन्होंने ही फ़िराक़ को चुनाव लड़ने के लिए उकसाया था।

कुछ वक़्त के बाद जब फ़िराक़ साहब की मुलाक़ात नेहरू जी से हुई तो उन्होंने पूछा "कैसे हैं सहाय साहब?"

फ़िराक़ साहब ने जवाब दिया "अब कहाँ सहाय साहब, अब तो बस मैं 'हाय' साहब रह गया हूँ।

कॉफ़ी हाउस में संजीदा फ़िराक़

कॉफ़ी हाउस में हर दिन की तरह जमावड़ा लगा था। दोपहर हो चली थी और सभी फ़िराक़ साहब का इन्तिज़ार कर रहे थे। बनारस से कुछ प्रोफ़ेसर्स वग़ैरह भी आये थे। फ़िराक़ साहब के एक साथी लल्ला साहब नज़रें जमाए बैठे थे। इतने में फ़िराक़ साहब तशरीफ़ ले आये।

कुर्सी पर बैठते ही लल्ला साहब ने कहा फ़िराक़ साहब क्या मँगवाया जाये। फ़िराक़ साहब ने कहा पहले सादी कॉफ़ी मँगवायी जाये फिर देखते हैं मूड किस तरफ़ जाता है। बाक़ी जिसको शक्कर चाहिए वह अलग से मँगवा ले। थोड़ी देर में पन्द्रह-बीस कप काफ़ी आ गयी और साथ में तीन चार प्याला शक्कर भी। उसी महफ़िल में एक बुज़ुर्ग जिनका नाम 'चंचल' था बैठे थे। बेचारे ग़रीब आदमी थे और कुछ खाने पीने की ग़रज़ से शरीक-ए-महफ़िल रहते थे लेकिन फ़िराक़ साहब पर जान छिड़कते थे।

लल्ला साहब ने चंचल से मसख़री करते हुए कहा "चंचल जी, अगर आप ये तीन प्याला शक्कर एक कप काफ़ी में डाल कर पी जायें तो आप जो भी खाएँगे उसका बिल मैं दूँगा।"

चंचल साहब खाने के रसिया थे सो फ़ौरन ही हाँ कर दी और तीनो प्याला शक्कर खा गये। उसके बाद अपने लिए पकौड़े और टोस्ट वग़ैरा मँगवा लिए। एक समा बन्ध गया और लोग इस वाक़िए पर ख़ूब हँस रहे थे। फ़िराक़ साहब हल्का-सा मुस्कुराए और फिर ख़ामोश हो गये। चंचल जी ने नाश्ता ख़त्म किया और उठकर बाथरूम चले गये।

फ़िराक़ अब संजीदा हो चुके थे। बोले "लल्ला बाबू, यार! ये भी कोई मज़ाक़ की बात है? तुम जानते हो, चंचल बूढ़ा आदमी है। उसे शुगर की

बीमारी है, गठिया है और आँखों से भी कम दिखायी देता है। उसके लिए इतनी शक्कर तो ज़हर के बराबर है। वो तो उसकी मजबूरी है कि उसने पेट भरने की ग़रज़ से ये सब कर लिया। तुम्हें तो उसका ख़याल रखना चाहिए था।"

लल्ला साहब को अपनी ग़लती का एहसास हुआ।

फ़िराक़ साहब की आँखें भर आयीं थीं इसी बीच चंचल वापस आ गये और संजीदा माहौल देख के कुछ हैरान हुए और बोले "अरे फ़िराक़ साहब ने किसी को डाँट दिया क्या?"

फ़िराक़ साहब को रुमाल से अपनी आँखें पोछते देखा तो पूछ पड़े "क्या हुआ फ़िराक़ साहब? किसी माशूक़ की याद आ गयी क्या?"

फ़िराक़ बोले "नहीं भाई! अपनी ही सिगरेट का धुआँ आँख में चला गया सो आँख नम हो गयी।"

एक लाख मिला है। एक ही दस्तख़त करूँगा

फ़िराक़ साहब को उनकी किताब गुल-ए-नग़मा के लिए 'ज्ञानपीठ पुरस्कार' मिला। पुरस्कार समारोह ख़त्म होने के बाद भी फ़िराक़ साहब दिल्ली में सरकारी गेस्ट के तौर पर रुके थे।

एक दिन होटल में एक अफ़सर फ़िराक़ साहब से मिलने आये। वे अपने साथ लगभग ढाई सौ गुल-ए-नग़मा की कापियाँ लिए हुए थे। फ़िराक़ साहब के कमरे में वो सारी किताबें रखवाते हुए बोले "फ़िराक़ साहब आप अपना दस्तख़त हर किताब पर कर दीजिए।"

फ़िराक़ समझ गये कि ये ज्ञानपीठ के महक़मे से आये हैं। उनके जाने के बाद फ़िराक़ साहब ने सिगरेट जलाई और अपने सेक्रेटरी रमेश जी से बोले "एक लाख रुपये मिले हैं, मैं सिर्फ़ एक ही दस्तख़त करूँगा। आप बाक़ी सब किताबों पे मेरा नाम लिख दीजिए। फ़िराक़ के पास इतना वक़्त नहीं है कि इतनी किताबों पे दस्तख़त करे।"

रमेश जी ने हर किताब पे फ़िराक़ साहब का नाम लिख दिया और दूसरे दिन किताबें भिजवा दीं।

किसकी मजाल जो मेरी स्क्रिप्ट जाँचे?

रेडियो स्टेशन पर फ़िराक़ साहब का अभिभाषण होना था। स्टेशन के आला अफ़सर उनको इत्तेला देने आये और फ़िराक़ साहब से वादा लेकर चले गये। अगले दिन रेडियो स्टेशन की गाड़ी फ़िराक़ साहब को लेने आयी जिसमें वो तशरीफ़ ले गये।

रेडियो स्टेशन पर हलचल मची हुई थी। महक़मे के लोग फ़िराक़ को देखने-सुनने को बेचैन थे। एक अफ़सर ने फ़िराक़ साहब से कहा "हुज़ूर आप एक पन्ने पर अपने अभिभाषण के कुछ हिस्से लिख दीजिए ताकि हमारा एडिटर इसको जाँच दे।"

फ़िराक़ साहब आग बबूला हो गये और बोले "अब ये दिन आ गये हैं कि 'एडिटर' मेरी स्क्रिप्ट जाँचेगा?"

अफ़सर महोदय बोले "अरे! नहीं फ़िराक़ साहब किसकी ऐसी मजाल? ये रस्म तो बस इसलिए है कि रेडियो से सरकार के विरोध में कोई बात न जाये वरना हमारी नौकरी पर बन आयेगी।"

फ़िराक़ साहब मुस्कराए और बोले "अरे! मियाँ ऐसी बात है तो फिर मैं इस सलीक़े से गुफ़्तगू करूँगा जिससे कोई जान ही नहीं पायेगा कि मैंने सरकार के विरोध में कोई बात कही है।"

कमरे में बैठे सभी अफ़सरान हँसने लगे और बोल पड़े "फ़िराक़ साहब का जवाब नहीं।"

महफ़िल है सूनी जहाँ फ़िराक़ नहीं

इलाहाबाद में एक मुशायरा हो रहा था। हिंदुस्तान और पाकिस्तान के नामवर शोअरा मौजूद थे। फ़ैज़ अहमद फ़ैज़, कैफ़ी आज़मी, अली सरदार जाफ़री वग़ैरा सभी मौजूद थे। फ़िराक़ साहब ज़ईफ़ी और बीमारी के सबब ज़्यादा रात तक रुक नहीं पाते थे।

फ़िराक़ साहब ने प्रबन्धक से कहा कि मुझे पहले पढ़वा दिया जाये ताकि मैं घर जाकर कुछ आराम कर सकूँ। फ़िराक़ साहब की हालत देखते हुए उन्हें पहले पढ़वा दिया गया लेकिन फ़िराक़ जब अपना कलाम पढ़ चुके और जाने लगे तो कैफ़ी साहब ने उन्हें रोक दिया और बोले "फ़िराक़ साहब ज़रा रुकिए मैं भी कुछ पढ़ लूँ और चलूँ क्योंकि जिस महफ़िल में फ़िराक़ न हो, वहाँ रुकने से क्या हासिल?"

इसके बाद कैफ़ी साहब ने अपना कलाम सुनाया और फ़िराक़ साहब के साथ ही चले गये।

राष्ट्रपति साहब को बैठना पड़ा

दिल्ली में एक बहुत बड़ा मुशायरा हुआ। उस मुशायरे में राष्ट्रपति फ़ख़रुद्दीन अली साहब मुख्य अतिथि थे। फ़िराक़ साहब भी तशरीफ़-फ़रमा थे। मुशायरे की तहज़ीब के हिसाब से पहले नौजवान शायर अपना कलाम पढ़ रहे थे। फ़िराक़ साहब को आख़िर में पढ़ना था।

कुछ देर बाद राष्ट्रपति साहब ने फ़िराक़ साहब को एक पर्ची भिजवायी जिसमें लिखा था कि "मुझे एक ज़रूरी मीटिंग में जाना है लेकिन मैं आपको सुने बिना नहीं जाना चाहता। कृपा करके आप अपना कलाम पढ़ दीजिए।

फ़िराक़ साहब ने बैठे-बैठे ऊँचीं आवाज़ में कहा "अच्छे शेर सुनना बड़े से बड़े सरकारी काम से ऊँचा होता है।"

राष्ट्रपति साहब फ़िराक़ साहब का इशारा समझ गये और मुशायरे के आख़िर तक बैठे रहे। फ़िराक़ साहब का कलाम सुनने के बाद ही वे रुख़सत हुए।

मैं आपसे पहले पैदा हुआ हूँ

फ़िराक़ साहब को देर रात तक जागना पसन्द नहीं था। इसलिए वे कोशिश किया करते थे कि अपना कलाम जल्द से जल्द पढ़ें और वापस आकर सो जायें। लेकिन ये अमल आदाब-ए-मुशायरा के ख़िलाफ़ होता था। तहज़ीब यही है कि नौजवान शायरों को पहले पढ़वाया जाये और बुज़ुर्ग शोअरा को आख़िर में। फ़िराक़ साहब को ये तहज़ीब फ़ज़ूल लगती थी।

एक मुशायरे में फ़िराक़ साहब पहुँचे और तभी एक नौजवान शायर को दावत-ए-सुख़न दी गयी। शायर साहब माइक की ओर बढ़ ही रहे थे कि इतने में फ़िराक़ साहब बीच में आ गये और बोले कि "भाई! मैं पढ़ूँगा।"

नौजवान शायर ने बेहद अदब से कहा "फ़िराक़ साहब! ये कैसे हो सकता है? आप मुझ से पहले नहीं पढ़ सकते।"

फ़िराक़ साहब ने फ़ौरन जवाब दिया "मियाँ इसमें हर्ज़ ही क्या है? जब मैं आप से पहले पैदा हो सकता हूँ तो आप से पहले पढ़ भी सकता हूँ।"

ये सुनते ही सबकी बोलती बन्द हो गयी।

You teach history, He makes History

पण्डित जवाहरलाल नेहरू इलाहाबाद आये हुए थे और यूनिवर्सिटी के विजयनगरम हॉल में उनका भाषण चल रहा था। भाषण के दौरान नेहरू जी ने किसी इतिहास की घटना को बताते हुए, ग़लत डेट कोट कर दी। ये सुनते ही यूनिवर्सिटी में इतिहास पढ़ाने वाले एक प्रोफ़ेसर साहब ने खुलेआम नेहरू जी को टोक दिया।

प्रोफ़ेसर का नेहरू जी को यूँ खुले आम टोक देना फ़िराक़ साहब को बर्दाश्त न हुआ। फ़िराक़ साहब खड़े हुए और गरजते हुए बोले–

"SIT DOWN PROFESSOR"
"You just Teach History, He Makes History"

ये सुनके नेहरू जी मुस्कुराने लगे और पूरा हॉल तालियों और ठहाकों से गूँज उठा। बेचारे प्रोफ़ेसर साहब शर्मा गये और चुपचाप बैठ गये।

शिया ग़ज़ल

एक बार फ़िराक़ साहब से मिलने एक बुज़ुर्ग शायर साहब आ पहुँचे। फ़िराक़ साहब ने बड़ी अक़ीदत से उनको बिठाया और चाय-नाश्ता कराया।

फ़िराक़ साहब के एक और दोस्त वहीं मौजूद थे। फ़िराक़ साहब और शायर साहब में बातें होने लगीं। काफ़ी देर गुज़रने के बाद फ़िराक़ साहब के दोस्त जो कब से ख़ामोश बैठे थे बोल पड़े "अरे फ़िराक़ साहब ये कौन साहब हैं ?" इनसे मेरा भी तआरुफ़ करवाइए।"

फ़िराक़ साहब बोले "जी-जी! मैं तो भूल ही गया। माफ़ी चाहता हूँ।" हाँ तो ये एक बड़े अच्छे शायर हैं, शिया ग़ज़ल कहते हैं।"शिया ग़ज़ल? ये क्या होता है फ़िराक़ साहब?""अरे भाई! ये जो भी ग़ज़ल कहते हैं उनमें फ़क़त पाँच शे'र ही होते हैं।"

ये सुनके वो साहब मुस्कराने लगे।

चाँद पे ट्रक

सन् 1969 की बात है जब अमरीका ने चाँद पर पहला आदमी भेज दिया था, जिसका नाम था–नील आर्मस्ट्रांग। दुनिया भर में इसकी चर्चा थी और भारत के भी सभी अख़बार इसी ख़बर से भरे पड़े थे।

फ़िराक़ साहब उन दिनों इसी मुद्दे पर चर्चा करते हुए मिलते। फ़िराक़ साहब इन्सानी तरक़्क़ी से काफ़ी मुतास्सिर हुए थे और इस घटना से जुड़ी हर ख़बर पर नज़र रखते थे।

एक दिन शाम को घर पर बैठकी लगी थी। एक प्रोफ़ेसर साहब बोले– "अजीब बात है फ़िराक़ साहब। नील आर्मस्ट्रांग को चाँद पर कुछ भी नहीं मिला।"

फ़िराक़ साहब ने मज़ाहिया अंदाज़ में कहा "अरे भाई! वो नील साहब ज़्यादा देर चाँद पर रुके नहीं वरना कोई न कोई उनको ट्रक चलाता हुआ मिल जाता।"

ये सुनते ही सभी लोग हँसने लगे।

फाँसी न लगा लेना एडिटर साहब

फ़िराक़ साहब ने अपना मज़मून एक मैगज़ीन के एडिटर साहब को भेजा। एडिटर साहब का ख़त आया जिसमें लिखा था कि "फ़िराक़ साहब आपका मज़मून छप जायेगा लेकिन इसमें लगभग दो महीने लग जायेंगे।"फ़िराक़ साहब ने जवाब में एक ख़त लिखा।

"जी मुझे ख़ुशी हुई कि आप मेरा मज़मून छाप देंगे और मुझे भी कोई जल्दी नहीं है। आप दो महीने के बजाये तीन-चार महीने ले लीजिए।"

और ख़त के आख़िर में फ़िराक़ साहब ने अंग्रेज़ी में ये तंज़िया जुमला लिख दिया...

"I am giving you a long rope but please don't hang yourself with it"

(मैं आप को एक लम्बी रस्सी दे तो रहा हूँ मगर इससे ख़ुद को फाँसी न लगा लीजिएगा।)

फ़िराक़ साहब का इशारा ये था कि "मैं आपको वक़्त दे रहा हूँ मगर आप इसका ग़लत-फ़ायदा न उठा लीजिएगा।"

आइए, मुझे तबाह कीजिए

इलाहाबाद यूनिवर्सिटी में काम करने वाले एक साहब थे। बड़े भारी भरकम क़द के मालिक और आवाज़ तो ऐसी भद्दी और डरावनी कि शैतान भी पनाह माँग ले। जाने क्यों मगर लोग उनको 'बोगेडो' कहते थे।

एक दिन बोगेड़ो जी फ़िराक़ साहब से मिलने उनके घर आ पहुँचे। बाहर से ही ऊँची आवाज़ में बोले "फ़िराक़ साहब घर पर हैं क्या?"

फ़िराक़ साहब अन्दर के कमरे में बैठे थे और इनकी भारी भरकम आवाज़ सुन कर पहचान गये कि कौन आया है।

अन्दर से ही चिल्लाते हुए बोले "आप जो भी साहब हैं, आपकी आवाज़ बेहद तकलीफ़ देह और बेहूदा है लेकिन फिर भी मैं आपसे मिलूँगा।" ये कहते हुए फ़िराक़ साहब बाहर आ गये। बोगेडो साहब को अन्दर बुलाया और बोले "आइए साहब और मुझको तबाह करिए। कम से कम इतनी देर ये दुनिया आप से महफ़ूज़ तो रहेगी।"

मालिक हमरे बियाह पर गा दियो

फ़िराक़ साहब को तरन्नुम से पढ़ने का शौक लगा। घर में बैठे-बैठे अक्सर ग़ज़लें तरन्नुम से गुनगुनाते और सामने बैठे हुए शख़्स से राय-मशवरा लेते। अक्सर लोग डर के मारे झूठी तारीफ़ भी कर देते।

एक बार पन्ना (फ़िराक़ साहब का नौकर) आँगन की सफ़ाई कर रहा था। फ़िराक़ साहब आँगन में बैठे गुनगुना रहे थे। पन्ना भी उनका गाना सुन रहा था कि इतने में फ़िराक़ साहब पूछ पड़े "क्यों पन्ना, कैसा गा रहा हूँ?"

सीधे-सादे पन्ना ने जवाब दिया "मालिक बहुत अच्छा गावत हौ। हमरे बियाह पर भी गाना गा दियो।"

ये सुन कर फ़िराक़ साहब ज़ोर-ज़ोर से हँसने लगे।

तीस रुपये अता कीजिए

तरक़्क़ी पसन्द तहरीक का इब्तिदाई दौर था। सभी नौजवान शायर फ़िराक़ साहब को इस तहरीक से जोड़ना चाहते थे सो उनके घर सभी का आना-जाना लगा रहता था। यूँ तो फ़िराक़ साहब इस तहरीक से जुड़ गये लेकिन फिर भी दूर-दूर ही रहा करते थे।

एक बार की बात है एक तरक़्क़ी पसन्द नौजवान शायर जिनकी माली हालत बहुत ही ख़राब थी और जो शराब के बहुत बड़े रसिया थे फ़िराक़ साहब के घर आ पहुँचे।

बड़े परेशान होकर बोले "फ़िराक़ साहब बात इज़्ज़त पर आन पड़ी है। आप मुझे कहीं से तीस रुपये उधार दे दीजिए।"

इससे पहले कि फ़िराक़ साहब कुछ बोल पाते कि ये साहब कहने लगे "देखिए इन्कार न कीजिएगा। आपको आपके प्यारों की क़सम।"

फ़िराक़ साहब मजबूर हो गये और इत्तेफ़ाक़न उसी दिन उनको तनख़्वाह भी मिली थी। ख़ैर फ़िराक़ साहब ने तीस रुपये निकाले और शायर साहब के हवाले कर दिये। शायर साहब ने सलाम किया और रुख़सत हो गये।

क़रीब एक घण्टे बाद फ़िराक़ साहब के घर पर एक ताँगा रुका। ताँगे से वही साहब उतरे और फ़ौरन फ़िराक़ साहब के पास पहुँचकर बोले "फ़िराक़ साहब आप जल्दी से इस ताँगे पर बैठ जाइए।"

फ़िराक़ साहब चौंक उठे और बोले "क्यों भाई? कहाँ जाना है?"

"बस आप देर न कीजिए, जल्दी से ताँगे पर बैठ जाइए।" शायर साहब ने फ़िराक़ साहब को कुर्सी से उठाते हुए कहा।

"अरे भाई माजरा क्या है?" कहते-कहते फ़िराक़ साहब मजबूरन ताँगे पर बैठ गये।

ताँगा चलता हुआ सीधे एक शराबख़ाने पर रुका। शायर साहब ने फ़िराक़ साहब को एक कुर्सी पर बिठाया। फिर उन्हीं के पैसों से शराब ख़रीदी और धीरे-धीरे शराब और कबाब का एक दौर चल पड़ा। महफ़िल ख़त्म होने के बाद फ़िराक़ साहब को उसी ताँगे पर बिठाकर घर भेज दिया गया।

दूसरे दिन सुबह फ़िराक़ साहब अपने एक दोस्त को बड़े दुख के साथ ये वाक़िया बता रहे थे और कह रहे थे

"मेरे तीस रुपये तो गये साहब।"

"मैं किस मुँह से माँगूँगा? उसने तो सारे रुपये मेरे ऊपर ही ख़र्च कर दिये।"

दो घण्टे का भाषण

हैदराबाद में एक उर्दू कांफ्रेंस होनी थी। उर्दू के बड़े-बड़े लेखक और अदीब बुलाये गये। फ़िराक़ साहब को ख़ास तौर पर बुलाया गया था और चौथे दिन उनका अभिभाषण होना था।

चूँकि भाषण को प्रकाशित भी होना था इसलिए कांफ्रेंस के प्रबन्धक ने फ़िराक़ साहब के साथ दो आदमी मुक़र्रर किये जो फ़िराक़ साहब के भाषण को पहले ही लिख लें।

फ़िराक़ साहब पहले तो कुछ लिखवाने बैठे लेकिन फिर इधर-उधर की बातें करके उन दोनों सज्जनों को भेज दिया। यही करते-करते तीन दिन बीत गये और भाषण के नाम पर आधा पन्ना भी नहीं लिखा गया। आख़िर वो दिन आ पहुँचा जब फ़िराक़ साहब का अभिभाषण होना था। प्रबन्धक बहुत परेशान थे, उन्होंने फ़िराक़ साहब से आग्रह किया और उनको एक कमरे में बिठा दिया ताकि फ़िराक़ साहब भाषण लिखवा दें।

लेकिन फ़िराक़ साहब कहाँ मानने वाले थे। बहाना करके कहीं निकल गये। जब उनके अभिभाषण का वक़्त आया तो प्रबन्धक उनको लेने कमरे में गये। देखा तो फ़िराक़ साहब ग़ायब थे। अफ़रा-तफ़री मच गयी हर कोई उनको इधर-उधर ढूँढ़ने लगा कि इतने में रसोई घर से किसी के बात करने की आवाज़ आयी। जाकर देखा तो फ़िराक़ साहब हाथ में बैंगन लिए रसोइए से बैगन के भरते के बारे में कुछ बात कर रहे थे।

प्रबन्धक ने आग्रह किया, फ़िराक़ साहब चलिए।

माइक पर पहुँचकर फ़िराक़ साहब ने भाषण वाला पन्ना हाथ में लिया जिसमें ज़्यादा कुछ नहीं लिखा था। फिर पन्ने को किनारे रखकर बोले "बड़े

अरसे बाद हैदराबाद आना हुआ है, लिखे हुए भाषण को क्या ही पढ़ूँ। सब अपने लोग हैं उनसे बातें ही कर लेता हूँ।"

फिर उसके बाद फ़िराक़ साहब का अभिभाषण दो घण्टे तक चला।

प्रबन्धक गण फ़िराक़ साहब का मुँह ताकते रह गये।

फ़िराक़ साहब का नया हेयर-स्टाइल

एक बार की बात है फ़िराक़ साहब को बाल कटवाने थे और इत्तेफ़ाक़न कोई नाई न मिला। फ़िराक़ साहब बेचैन हो उठे और अपने आँगन में इधर-उधर टहलने लगे। जब सब्र नहीं हुआ तो सीधे चल दिए रमज़ान नाई के पास (रमज़ान घोड़ों के बाल काटा करता था)।

फिर क्या था रमज़ान के लाख मना करने पर भी उसी से बाल कटवा लिए। रमज़ान ने घोड़े के बाल काटने वाली मशीन से फ़िराक़ साहब के बाल काटे। जैसे-तैसे बाल कट भी गये। आगे के बाल खड़े हो गये और कान से पास वाले बाल महीन। आम बोल चाल की भाषा में इसे कटोरा-कट कहते हैं।

फ़िराक़ साहब घर पहुँचे तो देखा कि आवास पर कुछ छात्र उनसे मिलने आये हुए हैं। एक छात्र ने फ़ौरन कहा "फ़िराक़ साहब ये कैसे बाल कटवा लिए आपने?"

फ़िराक साहब ने जवाब दिया–"ये रमज़ान नाई ने काटे हैं। रमज़नवा जब बाल काटता है तो ऐसे ही काटता है।"

इसके बाद आँखें बड़ी करके बोले "क्यों? अच्छे नहीं लगे क्या?"

सभी छात्र बोल पड़े "अच्छे हैं हुज़ूर! बहुत अच्छे हैं।"

फ़िराक़ ने कहा "ये तो शुक्र मनाओ मियाँ घोड़े वाले ने काटे हैं, कुछ लोग तो गधे वालों से बाल कटवा आते हैं।"

ये सुनकर सभी छात्र हँस पड़े।

राष्ट्रपति फ़ख़रुद्दीन अली साहब की इंकेसारी

लाल क़िले में मुशायरा था। सदारत ख़ुद तत्कालीन राष्ट्रपति श्री फ़ख़रुद्दीन अली साहब कर रहे थे। मंच पर राष्ट्रपति साहब के लिए अलग से एक बड़ी कुर्सी लगाई गयी थी। धीरे-धीरे सभी आमन्त्रित शायर आने लगे। थोड़ी देर बाद फ़िराक़ साहब तशरीफ़ लाये और मंच पर पहुँचते ही उस बड़ी कुर्सी पर जाकर बैठ गये।

ये देखते ही राष्ट्रपति साहब के सलाहकार और दीगर बड़े-बड़े अधिकारी हैरान हो गये। चाहते हुए भी वे फ़िराक़ साहब को कुछ न कह सके। आख़िर किसकी मजाल थी जो फ़िराक़ साहब को कुर्सी छोड़ने को कह दे।

फ़िराक़ साहब कुर्सी पर बैठे रहे कि इतने में राष्ट्रपति महोदय का आगमन हुआ। सभी आला-अफ़सर खड़े हो गये। एक साहब जो सुरक्षा अधिकारी थे फ़िराक़ साहब के पास आकर बोले "हुज़ूर! ये राष्ट्रपति साहब की कुर्सी है लिहाज़ा आप नीचे तशरीफ़ रखिए।

ये सुनते ही फ़िराक़ साहब बिफर गये और गरजते हुए बोले "वाह साहब! राष्ट्रपति साहब के लिए ये इन्तज़ाम और हमारे लिए कुछ भी नहीं।"

इसी बीच फ़ख़रुद्दीन अली साहब मंच पर आ चुके थे। फ़िराक़ साहब ने उनको देखा तो बोले "आइए साहब! आइए! तशरीफ़ रखिए इस कुर्सी पर। हम सब तो कीड़े-मकौड़े हैं। यहाँ नीचे बैठ जायेंगे।

फ़ख़रुद्दीन साहब अदब-शनास व्यक्ति थे। फ़िराक़ साहब के ये जुमले सुन उन्होंने इन्तज़ामिया के अधिकारियों को फ़ौरन तलब किया और फटकार लगाते हुए बोले "तुम लोगों ने ऐसा क्यों किया? जब मंच पर फ़िराक़ साहब

जैसी कद्दावर शख़्सियत मौजूद है तो कोई कुर्सी पर कैसे बैठ सकता है? या तो सबके लिए ऐसी कुर्सी मँगवाई जाये या ये कुर्सी फ़ौरन यहाँ से हटायी जाये।"

फ़ौरन ही वो कुर्सी हटवायी गयी और फ़ख़रुद्दीन अली साहब ख़ुद फ़िराक़ साहब के साथ नीचे बैठे।

प्राचीन काल में 'वायरलेस'

ये वो ज़माना है जब फ़िराक़ साहब के घर मिलने वालों का मजमा लगा रहता था। घर में कोई भी आता, अपना तआरुफ़ कराता और बैठ जाता। फ़िराक़ साहब हस्ब-ए-मामूल उन लोगों को बिठाते और चाय-नाश्ता करवाते।

एक बार एक पण्डित जी तशरीफ़ लाए जो गोरखपुर के रहने वाले थे। फ़िराक़ साहब ने उनका स्वागत-सत्कार किया। फिर चाय पेश की। चाय पीते ही पण्डित जी फ़िराक़ साहब से बात करने लगे। पण्डित जी फ़िराक़ साहब से कुछ यूँ बात कर रहे थे जैसे उन्हें बरसों से जानते हों लेकिन फ़िराक़ साहब उनको पहचानते तक न थे। दुनिया भर की बात होती रही और बात चलते-चलते देश पर आ गयी।

पण्डित जी ने कहा "अपना देश सबसे महान है और प्राचीन भारत के तो क्या कहने। हमारे पास वो सब था जो आज दूसरे मुल्क दरियाफ़्त कर रहे हैं और अपनी खोज बता रहे हैं। ये हवाई-जहाज, टेलीग्राफ वग़ैरा सब प्राचीन भारत में हुआ करता था।"

और इसका सबूत मेरे पास है।

फ़िराक़ साहब चौंक उठे और ध्यान से पण्डित जी की तरफ़ देखने लगे।

पण्डित जी ने कहा "मैं अपना मकान जहाँ बनवा रहा हूँ वहाँ मैंने नीव डालने के लिए खुदाई करवायी। अभी बस आठ दस फीट ही खोदा था कि जानते हैं क्या निकला?"

फ़िराक़ साहब ने अचंभित होकर पूछा "क्या निकला।"

पण्डित जी ने कहा "बिल्कुल नीचे एक तार का टुकड़ा निकला।

सोचिए फ़िराक़ साहब तार का टुकड़ा...

फिर पण्डित जी ने कहा कि इसका मतलब समझे फ़िराक़ साहब?

फ़िराक़ साहब ने जवाब दिया "नहीं भाई। मैं नहीं समझा।"

पण्डित जी ने कहा इसका मतलब ये है कि प्राचीन भारत में बिजली का चलन था।

फ़िराक़ साहब ने लम्बी साँस ली और कुर्सी पर टेक लगाकर बैठ गये। फिर अपनी आँखे बड़ी करके कहने लगे "आप दुरुस्त फ़रमा रहे हैं।"

दरअस्ल जब मैं अपना मकान बनवा रहा था तो मैंने बीस फिट गहरी नींव खुदवाई और जानते हैं पण्डित जी उसमें क्या निकला?

पण्डित जी ने कौतूहल वश पूछा "क्या?"

फ़िराक़ ने कहा "कुछ भी नहीं।"

फ़िराक़ साहब का जवाब सुनके पण्डित जी मायूस हो गये। फ़िराक़ साहब ने पण्डित जी के मूड को भाँपते हुए कहा "आप परेशान न हों। आप शायद इसका मतलब समझे नहीं।"

इसका मतलब ये है कि उस ज़माने में 'वायरलेस' भी था।

पण्डित जी खिलखिला उठे और कहने लगे "वाह फ़िराक़ साहब आपने क्या बात कही। आपका तो कोई जवाब नहीं।"

नेहरू से कह देना...

पण्डित जवाहरलाल नेहरू प्रधानमन्त्री बनने के बाद इलाहाबाद आये हुए थे और आनन्द भवन में ठहरे थे। नेहरू जी से मिलने वालों की एक भीड़ इकट्ठा थी।

फ़िराक़ साहब को निमन्त्रण था। फ़िराक़ आनन्द भवन पहुँचे और रिसेप्शनिस्ट के पर्चे पर अपना नाम रघुपति सहाय लिखा। रिसेप्शनिस्ट ने पर्चा अन्दर भिजवाया जिस पर उसने 'R. Sahay' लिख दिया।

क़रीब पन्द्रह मिनट गुज़रने पर भी जब अन्दर से बुलावा नहीं आया तो फ़िराक़ साहब के सब्र का बाँध टूट गया।

ग़ुस्से में खड़े हुए और चिल्लाते हुए बोले "मैं यहाँ जवाहरलाल के बुलावे पर आया हूँ। आज तक इस घर में मुझे आने-जाने से नहीं रोका गया है। बहरहाल जब नेहरू जी को फ़ुर्सत मिले तो बता देना कि फ़िराक़ आया था वही जो 8/4 बैंक रोड पर रहता है।" शोर सुन कर जवाहरलाल नेहरू बाहर आये और बोले "अरे! रघुपति तुम अन्दर क्यों नहीं आये? बाहर क्यों खड़े हो?"

फ़िराक़ साहब ने सारा माजरा बताया। नेहरू जी बोले "भई! पर्चा पर R. Sahay लिखा था इसलिए मैं पहचान न सका। ये सुनके फ़िराक़ साहब का ग़ुस्सा शान्त हुआ।

इसके बाद नेहरू जी फ़िराक़ साहब को अन्दर ले गये। फ़िराक़ साहब चुप बैठे थे सो नेहरू जी ने कहा " "अरे! रघुपति कुछ बोलो भी।"

फ़िराक़ एक पल को रुके और अर्ज़ किया

तुम मुख़ातिब भी हो क़रीब भी हो
तुमको देखें कि तुमसे बात करें

साहिर लुधियानवी को मज़ाहिया नसीहत

लाल क़िले का अज़ीमुश्शान मुशायरा था। बड़े से बड़े शायर को दावत-ए-सुख़न थी। फ़िराक़ साहब और कितने ही बड़े शोअरा-ए-इकराम मौजूद थे। नौजवान शायर भी बुलाए गये थे। साहिर लुधियानवी की नज़्म "ताज महल" की काफ़ी चर्चा थी।

साहिर लुधियानवी ने फ़िराक़ साहब से मुलाक़ात की। फ़िराक़ साहब ने कहा "मियाँ आज कल आसार-ए-क़दीमा (ऐतिहासिक स्मारकों) पर ख़ूब अश'आर कह रहे हो। ताज महल पर क्या ख़ूब कहा है तुमने।"

"इक शहंशाह ने दौलत का सहारा लेकर
हम ग़रीबों की मुहब्बत का उड़ाया है मज़ाक
मेरी महबूब कहीं और मिला कर मुझसे"

ऐसा करो दिल्ली की जामा-मस्जिद पर भी लिख डालो–

"इक शहंशाह ने दौलत का सहारा लेकर
हम फ़क़ीरों की इबादत का उड़ाया है मज़ाक़
मेरे अल्लाह कहीं और मिला कर मुझसे।"

ये सुन कर साहिर लुधियानवी मुस्कराने लगे।

गँवार आदमी की ख़ुसूसियत

फ़िराक़ साहब के घर पर महफ़िल सजी थी। हिन्दी-उर्दू के कई अदीब मौजूद थे और दुनिया-जहान की बातें हो रहीं थीं। धीरे-धीरे गुफ़्तगू हिन्दी और उर्दू की तरफ़ मुड़ गयी।

एक साहब जो हिन्दी के अदीब थे बोल पड़े "फ़िराक़ साहब! उर्दू भी भला कोई ज़बान है? इसमें गुल-ओ-बुलबुल के सिवा और है ही क्या? हल्की-फुल्की और गुदगुदी पैदा करने के अलावा कोई संजीदा या ऊँचे क़िस्म की फिलोसॉफिकल बात इस ज़बान में हो ही नहीं सकती।"

आप बड़े शायर ज़रूर हैं लेकिन माफ़ कीजिएगा उर्दू एक घटिया ज़बान है।

फ़िराक़ साहब बड़ी संजीदगी से ये सब बातें सुनते रहे और एक सिगरेट सुलगाते हुए बोले "हर गँवार इन्सान ख़ूबसूरत चीज़ के बारे में वही कहता है जो अभी आपने उर्दू के बारे में फ़रमाया।"

फ़िराक़ साहब का जवाब सुनकर ये साहब खिसिया के रह गये और दोबारा कुछ न बोल सके।

मैं फ़िराक़ हूँ, फ़िराक़!!

एक दोपहर की बात है, फ़िराक़ साहब ने रमेश चन्द्र द्विवेदी जी को रिक्शा लाने के लिए कहा। कुछ देर बाद रमेश जी रिक्शा ले आये। दरअस्ल फ़िराक़ साहब को 'जीवन बीमा पॉलिसी' के दफ़्तर जाना था। आधे घण्टे के अन्दर-अन्दर फ़िराक़ साहब बीमा पॉलिसी के दफ़्तर पहुँच गये।

दफ़्तर में घुसते ही लोग फ़िराक़ साहब को पहचान गये। मैनेजर साहब बाहर निकल के आये और फ़िराक़ साहब को सलाम किया। अपने कमरे में बड़े अदब से फ़िराक़ साहब को बिठाया और उनकी हाजत जानी। फ़िराक़ साहब ने अपना काम बताया और मैनेजर ने उनको एक फ़ॉर्म भरने को दे दिया।

फ़िराक़ साहब फ़ार्म भर रहे थे। भरते-भरते आख़िरी कॉलम तक पहुँचे तो बिफर गये। उस कॉलम में लिखा था कि "पॉलिसी होल्डर की मौत होते ही बीमा कम्पनी में इत्तला दी जाये।"

मैनेजर से बोले "अरे! मैं क्या कोई मच्छर, मक्खी हूँ जो मेरी मौत की ख़बर किसी को न होगी। अरे! मैं फ़िराक़ हूँ! फ़िराक़। जब मैं मरूँगा तो देश और दुनिया के अख़बारों में मेरी मौत की ख़बर छपेगी।"

मैनेजर ने हाथ जोड़े और बोला "हुज़ूर! आप बजा फ़रमाते हैं।

छिपकली गाथा

एक बार फ़िराक़ साहब से मिलने कुछ लोग आये। बाहर के कमरे में उनको बिठाया गया और कुछ देर में फ़िराक़ साहब तशरीफ़ लाये। मेहमानों का परिचय जाना और नौकर को चाय नाश्ता लाने को कहा।

बातचीत चल रही थी कि इतने में नौकर चाय नाश्ता ले आया। एक साहब चाय का कप उठा ही रहे थे कि दीवार से एक छिपकली बिस्कुट की तश्तरी में गिर पड़ी। फ़िराक़ बिल्कुल चौंक गये और चीख पड़े। फ़ौरन मुलाज़िम को बुलाया और सख़्त हिदायत दी कि आज के आज हर कमरे से छिपकलियाँ भगा दी जायें।

नौकर ने कहा "छुट्टी वाले दिन कर दूँगा हुज़ूर।"

फ़िराक़ साहब बिफर गये और बोले "मियाँ सब काम रोक दीजिए लेकिन ये काम आज ही हो जाना चाहिए।"

नौकर सिर झुकाये चला गया और एक बड़ा-सा डण्डा और झाड़ू लेकर काम में लग गया।

दो घण्टे बाद नौकर आया और ख़बर दी कि सारी छिपकलियाँ भगा दी गयी हैं।

फ़िराक़ साहब ने लम्बी साँस ली और बोले "भाई बड़ी अच्छी ख़बर सुनायी तुमने, जाओ जाकर आराम करो।"

अब सामने बैठे लोगों से फ़िराक़ छिपकलियों के विषय में बात करने लगे। उनकी क़िस्में, उनकी आदतें, किन-किन मुल्कों में पायी जाती हैं, उनकी विशेषताएँ क्या हैं, उनकी ख़ुराक क्या है, उनकी उपयोगिता क्या है,

किन-किन मुल्कों में उन्हें खाया जाता है, उनके पक़ाने के क्या-क्या तरीक़े हैं। छिपकलियाँ कितनी बड़ी होती हैं, कितनी छोटी होती हैं, उनकी प्रजातियाँ कितनी हैं और कितनी प्रजातियाँ लुप्त हो चुकी हैं वग़ैरा-वग़ैरा।

फ़िराक़ साहब लगभग एक घण्टे तक छिपकलियों के विषय में बोलते रहे।

एक साहब बोले "फ़िराक़ साहब मान गये आपको। शायद ही कोई ऐसा होगा जो आप जैसी इल्मी गुफ़्तगू कर सके।"

फ़िराक़ साहब मुस्कराए और अपना ही एक शे'र पढ़ा

अब अक्सर चुप चुप से रहे हैं यूँही कभू लब खोले हैं
पहले फ़िराक़ को देखा होता अब तो बहुत कम बोले हैं

दो किलो चुराओगे भी तो!

एक शाम फ़िराक़ साहब के कमरे में महफ़िल सजी थी। चाय-नाश्ता चल रहा था कि इतने में कुछ लोग और तशरीफ़ ले आये। फ़िराक़ साहब ने नौकर को आवाज़ दी और बोले इन साहिबान के लिए चाय बनाकर लेते आओ।

नौकर रसोई घर गया और फ़ौरन वापस लौट आया। फ़िराक़ साहब बोले "क्या हुआ? वापस क्यों आ गये?"

नौकर बोला "हुज़ूर! शक्कर ख़त्म हो गयी है।"

फ़िराक़ साहब बोले ठीक है "जाओ बाज़ार से लेते आओ। कितनी शक्कर लाओगे।"

नौकर बोला "तीन किलो लेता आऊँगा। महीने भर का काम इसमें चल जायेगा।"

फ़िराक़ साहब को मस्ती सूझी। बोले "अरे मियाँ! तीन किलो में क्या होगा? पाँच किलो ले आना।"

नौकर बोला " हुज़ूर पाँच किलो क्यों?"

फ़िराक़ बोले "अरे! दो किलो तुम चुराओगे भी तो।"ये सुनके सभी लोग हँसने लगे। नौकर शर्मा गया। फ़िराक़ साहब ने कुर्ते की जेब से रुपये निकाले और नौकर को दे दिये। जाते-जाते नौकर मुस्करा रहा था।

इन्दिरा जी को नसीहत

तत्कालीन प्रधानमन्त्री श्रीमती इन्दिरा गांधी जी फ़िराक़ साहब से मिलने आने वाली थीं। पूरे एम्स में अफ़रा तफ़री मची हुई थी। दोपहर एक बजे इन्दिरा जी फ़िराक़ साहब के कमरे में पहुँची। फ़िराक़ साहब उस वक़्त सो रहे थे। फ़िराक़ साहब को जगाया गया। इन्दिरा जी को देखते ही उनकी आँखें भर आयीं।

इन्दिरा जी बोलीं "नमस्ते फ़िराक़ साहब। आप कैसे हैं?"

फ़िराक़ साहब बोले "ठीक हूँ बेटी।"

इन्दिरा जी बोलीं "आपका ख़याल ठीक से रखा जा रहा है न? आपको कोई तकलीफ़ तो नहीं है?"

फ़िराक़ साहब बोले "बेटी! तुम्हारी वजह से मुझे यहाँ कोई दिक़्क़त नहीं हो रही है। सब लोग मेरा अच्छा ख़याल रखते हैं लेकिन जब ग़रीब से ग़रीब व्यक्ति को भी इसी प्रकार की सुविधा मिलने लगेगी तब मैं समझूँगा कि जवाहरलाल जी के हिन्दोस्तान का सपना कुछ साकार हुआ।"

फिर फ़िराक़ साहब ने एक और बात कही। बोले "बेटी देश की जनता तुम्हें बहुत प्रेम करती है। उनकी नज़रें तुम्हारी ओर हैं। उनके विश्वास पर खरा उतरने की कोशिश करना।"

'Go to the poorest of the poor'

इन्दिरा जी बोलीं "आपने बहुत अच्छी नसीहत दी फ़िराक़ साहब। आपसे मिलकर आनन्द-भवन की याद आने लगती है।"

फ़िराक़ साहब कहने लगे "बेटी! कभी फ़ुर्सत से बैठ के तुमको आनन्द-भवन के ऐसे-ऐसे वाक़ियात सुनाऊँगा जो बस अब वहाँ की दीवारों और पेड़-पत्तियों से लिपटे होंगे।"

इन्दिरा जी ने कहा "आप जल्दी से ठीक हो जाइए फिर हम सब मिलके आनन्द-भवन चलेंगे।"

इसके बाद इन्दिरा जी ने फ़िराक़ साहब को प्रणाम किया और वहाँ से चली गयीं।

कुछ दिनों बाद अख़बारों में इन्दिरा जी का बयान छपा, जिसमें उन्होंने अपनी पार्टी के अफ़सरों को मुख़ातिब होकर फ़िराक़ साहब का वही जुमला दोहराया था–'Go to the poorest of the poor.'

मीना कुमारी की ग़लत उर्दू

एक बार फ़िराक़ साहब के घर मशहूर कंपनी एच.एम.वी. (HMV) के कुछ नुमाइंदे आये। सबब यह था कि मीना कुमारी की लिखी और ख़ुद उनकी आवाज़ में पढ़ी गयी ग़ज़लों का एक ख़ास रिकॉर्ड जारी किया जा रहा था और उस रिकॉर्ड के जैकेट पर वे लोग चाहते थे कि फ़िराक़ साहब अपनी कलम से मीना कुमारी की शायरी पर कुछ तारीफ़ी जुमले लिख दें।

फ़िराक़ साहब राज़ी हो गये, मगर पहले उन्होंने मीना कुमारी की ग़ज़लें सुनने की फ़रमाइश की। कम्पनी के लोग ग्रामोफ़ोन लेकर आये और फ़िराक़ साहब को मीना कुमारी जी की ग़ज़लें सुनाने लगे।

फ़िराक़ साहब ने कुछ एक ग़ज़लें सुनीं फिर कुर्सी पर टेक लेकर बैठ गये। थोड़ी देर बाद बोले "ये ग़ज़लें ग़लत उर्दू में लिखी गयीं हैं लेकिन इस शायरा ने जो बातें कहीं हैं वो ग़लत उर्दू में ही कही जा सकती हैं।"

कम्पनी वाले ये सुन के हैरान हो गये कि ये जुमले हम आख़िर कैसे छाप सकते हैं। कहने लगे हुज़ूर "कुछ और भी फ़रमाइए।"

फ़िराक़ साहब बोले "इतना काफ़ी है।"

कम्पनी के लोग लौट गये, लेकिन जब मीना कुमारी का वह रिकॉर्ड बाज़ार में आया तो उस पर फ़िराक़ साहब के वही जुमले दर्ज थे। मीना कुमारी ने अपने हक़ में फ़िराक़ जैसे अज़ीम शायर के उन चंद जुमलों को ख़ुशी-ख़ुशी क़ुबूल कर लिया था।

जोश की मौत पर रो पड़े फ़िराक़ साहब

फ़िराक़ साहब और जोश मलीहाबादी की दोस्ती उर्दू अदब में मशहूर रही है। दोनों हमउम्र थे और हम-ख़याल भी। हाँ, कभी-कभार उनमें तकरार भी हो जाया करती थी। फ़िराक़ साहब ने रुबाई कहना, दरअस्ल जोश के इसरार पर ही शुरू किया था। अपनी रुबाइयों की मशहूर किताब 'रूप' उन्होंने जोश को ही समर्पित की है।

बात 22 फ़रवरी 1982 की है। फ़िराक़ साहब दिल्ली एम्स में भर्ती थे। सुबह एक साहब आये और फ़िराक़ साहब को इत्तेला दी कि रेडियो पाकिस्तान से ख़बर आयी है कि जोश साहब का इन्तक़ाल हो गया है। फ़िराक़ साहब खामोश हो गये। कुछ देर बाद बोले "हाय! मैं तन्हा हो गया। जोश चले गये। पठान इतनी जल्दी नहीं जा सकता। हो सकता है ये ख़बर झूठी हो।"

फिर मीर का एक शेर दोहराने लगे–

जिन जिन को था ये इश्क़ का आज़ार मर गये
अक्सर हमारे साथ के बीमार मर गये

शाम को आकाशवाणी वाले फ़िराक़ साहब से जोश के बारे में इंटरव्यू लेने आये।

फ़िराक़ साहब जोश का नाम सुनते ही रो पड़े और बोले "आज एक जुग का ख़ात्मा हो गया। मैं इस दुख को कैसे बर्दाश्त करूँ। मैं अभागा ये सुनने के लिए ज़िन्दा हूँ कि जोश नहीं रहे।"

एक साहब कहने लगे कि "हुज़ूर अपना कोई शेर सुना दीजिए।"

फ़िराक़ साहब का गला रुँध गया। कहने लगे "जब जोश ही नहीं रहे तो शेर किसके लिए और क्यों पढ़ा जाये।"

फिर कहने लगे "मुझे लिटा दिया जाये। मेरे सीने में अब सकत नहीं कि कुछ और बोल सकूँ।"

जोश की मौत के ठीक आठ दिन बाद 3 मार्च 1982 को फ़िराक़ साहब भी इस दुनिया को छोड़कर चले गये।

फ़िराक़ साहब को ज्ञानपीठ पुरस्कार मिलते हुए।

फ़िराक़ साहब एक मुशायरे में

क़िस्सा राय साहब का

क़ौन राय साहब ?

इलाहाबाद यूनिवर्सिटी के अंग्रेज़ी डिपार्टमेंट में प्रोफ़ेसर रहे और फ़िराक़ साहब के साथ अध्यापन कार्य कर चुके प्रोफ़ेसर एच.एस. सक्सेना साहब बताते हैं कि "फ़िराक़ साहब न सिर्फ़ हाज़िर जवाबी में माहिर थे बल्कि वे नये क़िस्से और लतीफ़े भी गढ़तें थे।" प्रोफ़ेसर सक्सेना बताते हैं कि फ़िराक़ साहब ने 'राय साहब' नाम का एक काल्पनिक किरदार गढ़ा था और हर रोज़ राय साहब से जुड़ा एक लतीफ़ा वो स्टाफ़-रूम में सुनाते थे। बैंक रोड से यूनिवर्सिटी के अंग्रेज़ी डिपार्टमेंट तक फ़िराक़ साहब पैदल आया करते थे और रास्ते में ही वो कोई न कोई लतीफ़ा राय साहब के मुत'अल्लिक़ गढ़ लिया करते थे।

राय साहब का परिचय-

राय साहब इलाहाबाद यूनिवर्सिटी में बी.ए.के छात्र हैं। थोड़े बुद्धू और थोड़े चालाक। पैतृक निवास बनारस का है और पिता जी ज़मींदार हैं। रुपये पैसे की कोई दिक़्क़त नहीं है बस पढ़ाई में थोड़े कमज़ोर हैं लेकिन जीवन को ज़िन्दादिली से जीते हैं। पेश है राय साहब के कुछ क़िस्से जो फ़िराक़ साहब सुनाया करते थे।

दुकानदार नहीं 'दासीपुत्र' कहो

स्वतन्त्रता आन्दोलन अपने उरूज पर था। हर तरफ़ स्वदेशी और हिन्दी का बोलबाला था। राय साहब भी हिन्दी भाषा के पक्ष में आन्दोलन कर रहे थे कि इसी बीच राय साहब की पत्नी गाँव से इलाहाबाद उनसे मिलने आयीं।

राय साहब ने उनको इलाहाबाद घुमाया और शाम को आइसक्रीम खिलाने गज़दर नाम के एक रेस्टोरेंट ले गये। खाते वक़्त उनकी पत्नी के हाथ से चम्मच गिर पड़ा। अब दूसरे चम्मच के लिए वेटर को बुलाना था। राय साहब अंग्रेज़ी के सख़्त ख़िलाफ़ थे इसलिए सोचने लगे कि वेटर को हिन्दी में किस तरह पुकारा जाये?

अभी राय साहब ये सोच ही रहे थे कि उनकी पत्नी ऊँची आवाज़ में बोल पड़ीं "ऐ दुकानदार!...ऐ दुकानदार! हियाँ आओ।"

ये सुनते ही राय साहब बोले "अरे! दुकानदार नहीं, 'दासी-पुत्र' कहो।"

जर्मन एम्बेसडर धोका दे गया

राय साहब ने किसी तरह बी.ए. पास कर लिया। वापस गाँव गये तो पिताजी ने बहुत बड़ा सम्मान समारोह रखा। कई दिन तक दावत चली। अब पिता जी की एक ही ख़्वाहिश थी कि बेटा पीसीएस का इम्तिहान पास कर ले और अधिकारी बन जाये।

राय साहब से जब पिता जी ने पीसीएस का ज़िक्र किया तो राय साहब बोले कि "आज कल ये परीक्षा बग़ैर पैसा दिये पास नहीं की जा सकती लिहाज़ा आप मुझको दस हज़ार रुपये दे दीजिए। मैं एक German Ambassador को जानता हूँ जो जुगाड़ करवा देगा।"

पिताजी ने दूसरे दिन राय साहब को दस हज़ार रुपये दिये और पैसा लेकर राय साहब इलाहाबाद आ गये।

एक साल तक उन पैसों से ख़ूब अय्याशी की और जब पिताजी का ख़त आया कि बेटा वो "पीसीएस" की परीक्षा का क्या हुआ तो राय साहब ने ख़त में लिखा "पिताजी मैंने पैसे तो दे दिये थे लेकिन ऐन वक़्त पर जर्मन एम्बेसडर धोका दे गया और काम न हो सका।"

राय साहब की ड्रामेबाज़ी

राय साहब ने बी.ए.पास कर के एम.ए. (अंग्रेज़ी) में दाख़िला लिया। साल भर पढ़ाई नहीं की। बस इधर-उधर घूमना और गपशप लड़ाना उनका मशग़ला था। आख़िर इम्तिहान सिर पर आ गये। लिखित परीक्षा किसी तरह नक़ल कर के दे दी, लेकिन 'Viva' को लेकर इनके मन में बहुत डर था।

आख़िर Viva का दिन आ पहुँचा। राय साहब का नाम पुकारा गया। राय साहब अन्दर कमरे में गये और सामने बैठे प्रोफ़ेसर्स को रोते हुए 'Good Morning' कहा।

प्रोफ़ेसर्स ने पूछा "आप ठीक हैं?"

राय साहब रोते हुए बोले "नहीं साहब। आज सुबह ही ख़बर आयी है कि मेरी पत्नी गुज़र गयी और मेरा बच्चा अभी एक महीने का ही है।"

प्रोफ़ेसर्स ने अफ़सोस जताते हुए कहा "फिर आप यहाँ क्या कर रहे हैं? आप को तो वहाँ होना चाहिए था।"

राय साहब बोले "लेकिन मैं इम्तिहान कैसे छोड़ सकता हूँ?"

प्रोफ़ेसर्स बोले "आप चिंता न कीजिए। अपने घर जाइए। हम सब कुछ देख लेंगे।"

राय साहब ने प्रोफ़ेसर्स को धन्यवाद दिया और आँसू पोछते हुए कमरे से बाहर निकले। बाहर खड़े चपरासी को देख के आँख मारी और जेब से पान की पुड़िया निकाली और मुँह में दबाते हुए चलते बने।

परीक्षा का परिणाम आया तो राय साहब को Viva में पास कर दिया गया था।

राय साहब की चालाकी

राय साहब ने किसी तरह एम.ए. प्रथम वर्ष की परीक्षा पास कर ली। उनके यार-दोस्त उनकी तारीफ़ करते हुए नहीं थकते थे कि बिना पढ़े ही परीक्षा पास कर ली। दूसरा साल भी राय साहब ने बिना पढ़े और क्लास लिए बिताया। आख़िर फिर से इम्तिहान का दिन आ पहुँचा और फिर से वाइवा होना था।

इस बार राय साहब ने नई तरकीब ईजाद कर ली थी। जैसे ही उनका नाम पुकारा गया वे बड़े आत्मविश्वास से अन्दर गये। प्रोफ़ेसर्स को 'Good Morning' कहा और खड़े हो गये।

एक प्रोफ़ेसर ने उनसे वर्ड्सवर्थ (Wordsworth) के बारे में सवाल किया।

राय साहब ने जवाब देते हुए कहा कि "प्रोफ़ेसर बाम्बूफ़िट ने अपनी किताब में वर्ड्सवर्थ के बारे बहुत शानदार व्याख्यान लिखा है।"

सामने बैठे एक प्रोफ़ेसर चौंक गये और बोले "ये प्रोफ़ेसर बाम्बूफ़िट कौन हैं? हमने तो आज तक उनका नाम नहीं सुना।"

राय साहब अचम्भित होकर बोले "सर! आप प्रोफ़ेसर बाम्बूफ़िट को नहीं जानते? ये तो मेरे लिए बड़े अचम्भे की बात है। मेरे पास उनकी कई किताबें हैं। आप चाहें तो मैं आपको दे सकता हूँ।"

सामने बैठे प्रोफ़ेसर्स कुछ बोल न पाये और राय साहब को जाने का इशारा किया। राय साहब समझ गये कि उनकी तरकीब सफल हो गयी।

परीक्षा का परिणाम आया तो राय साहब फिर से पास हो गये थे।

राय साहब ने फ़ीस माफ़ करवा ली

राय साहब ने यूनिवर्सिटी में लॉ डिपार्टमेंट ज्वाइन किया और अपनी फ़ीस माफ़ कराने के लिए इंटरव्यू बोर्ड के सामने आये। बोर्ड के चेयरमैन थे सप्रू साहब। वे पान के बड़े रसिया थे। हर वक़्त उनका मुँह पान से भरा हुआ रहता था। राय साहब भी पान खाने के शौकीन थे। उनकी क़मीज़ पर पान की कुछ छींटें पड़ी हुई थीं जो अभी ताज़ा लग रही थीं।

सप्रू साहब ने राय साहब को देखा तो बोले "क्यों जनाब ! आप पान का शौक भी फ़रमाते हैं ?"

राय साहब ने कहा "जी नहीं हुज़ूर ! आप कुछ बोल रहे थे सो आपके मुबारक मुँह से निकलकर कुछ छींटें मेरी क़मीज़ पर आ गिरीं। लेकिन मैं इसको अपनी ख़ुशनसीबी समझता हूँ।

सप्रू साहब राय साहब का जवाब सुनकर ख़ुश हो गये और उनकी फ़ीस माफ़ हो गयी।

राय साहब की चालाकी काम आ गयी।

RAGHUPATI SAHAI FIRAQ estimates Hali's literary genius in a talk from Lucknow at 8.25 p.m. Lucknow is broadcasting a special programme in honour of Hali, the great reformist poet.

Prof. RAGHUPATI SAHAY "FIRAQ" (Gorakhpur), who recently broadcast a talk on "Naqqad" from Lahore.

फ़िराक़ के मुलाज़िमों के क़िस्से

फ़िराक़ के मुलाज़िम

फ़िराक़ साहब के मुलाज़िमों की भी दास्ताँ फ़िराक़ की दास्ताँ की तरह बड़ी रंगीन, पुरदर्द और दिलचस्प है। एक से बढ़कर एक। भाँति-भाँति के, रंग-रंग के, गाँव के, शहर के, गली के, कूचे के, दिल्ली के, लखनऊ के, जगह-जगह के लड़के, आदमी, औरतें सभी फ़िराक़ के नौकरों के जीवित संग्रहालय की तामीर करते हैं।

इनका स्वभाव, भाषा, व्यवहार, सेवा करने का तरीक़ा, इनकी कार्यप्रणाली, इनकी आदतें, सब मिलकर एक अनूठी कहानी की रचना करती हैं। इन नौकरों में कुछ बेहद ईमानदार, कुछ चोर, कुछ आधे ईमानदार, कुछ बीमार, कुछ पहलवान, कुछ गँवार, कुछ नाज़-ओ-नखरे वाले कुछ जाहिल और कुछ अक्लमंद हुआ करते थे।

फ़िराक़ साहब नौकरों को लेकर हमेशा परेशान रहे। एक आता तो दूसरा चला जाता। कोई दस दिन टिकता तो कोई महीना भर। कोई बहुत हिम्मती हुआ तो साल भर रह गया। नौकरों की तलाश में फ़िराक़ एम्प्लॉयमेंट एक्सचेंज तक जाते थे और दो एक बार अख़बारों में भी इश्तेहार दे चुके थे।

फ़िराक़ साहब के घर नौकरों ने ख़ूब चोरियाँ कीं। जो भी नौकर जाता ख़ाली हाथ न जाता था। अपने साथ रुपये-पैसे, किताबें, शराब की बोतलें, राशन, कपड़े-लत्ते, घड़ी, बर्तन वग़ैरह-वग़ैरह ज़रूर ले जाता। पेश है फ़िराक़ साहब और उनके कुछ नौकरों से जुड़े क़िस्से..

नौकरों की फ़ेहरिस्त

फ़िराक़ साहब के घर पे अनगिनत नौकर रहे और उनमें से कुछ का नाम हर फ़िराक़ प्रेमी जानता है। सो पहले आप ये फ़ेहरिस्त पढ़ लीजिए। ये उन अनगिनत नौकरों में से कुछ के नाम हैं। ये नौकर फ़िराक़ के यहाँ 1953 से लेकर 1982 के बीच रहे हैं।

हीरा
जोखू नाई
खेलावन
तेजू नाई
परसोत्तम महाराज
बेनिया
पन्ना
तूफ़ानी
मनोहर
रुखसाना
भगत जी
कलुई धोबिन
रामजी
विलियम
बहादुर
रेमंड

पण्डित
हबीबन
रामफेर
बड़े मियाँ
झिनकू
छोटे लाल शराबी
यूसुफ़
केशव खरे
गुड्डू
मास्टर साहब
महावीर
धोताई
रहमान
रमई
रोमा हलदार
राम प्यारी

फ़िराक़ साहब जीवन के अनेक महत्त्वपूर्ण सुखों में स्वामिभक्त और समझदार नौकरों की उपलब्धि को बहुत बड़ी प्राथमिकता देते थे। कुछ नौकरों को छोड़कर उन्हें ऐसा नौकर कभी नसीब नहीं हुआ जो उनके मानकों पर खरा उतरे। फ़िराक़ के नौकर स्वामीभक्त रहे हों या न रहे हों मगर फ़िराक़ साहब स्वयं एक "नौकर भक्त स्वामी थे।"

हीरा और फ़िराक़ साहब

हीरा का नाम उन नौकरों में शुमार होता है जिन्होंने फ़िराक़ साहब की भरपूर ख़िदमत की। हीरा एक छोटे क़द का, गन्दे दाँत वाला, बीड़ी पीने वाला मगर अच्छा खाना पकाने वाला चौबीस-पच्चीस वर्ष का एक लड़का था। वह फ़िराक़ के नौकरों वाले, क्वार्टर्स के एक कमरे में रहता था। उसके साथ उसका पूरा परिवार भी रहता था जिनमें उसकी माँ जो 'कुबड़ी बारिन' के नाम से जानी जाती थी और उसकी बड़ी माँ यानी उसके पिता की दूसरी पत्नी जिसे लोग बड़ी बारिन कहते थे। बड़ी बारिन के दो लड़के जवाहर और मोती थे और एक बेटी बिट्टो थी। हीरा का एक और छोटा भाई था कल्लू। हीरा के पिता थे काशी पहलवान। पेशे से ड्राइवर थे और कभी कभार कुश्ती भी किया करते थे। इतना बड़ा परिवार एक कमरे में रहता था और इनका खाना पीना फ़िराक़ साहब ही देखते थे।

काशी पहलवान की दोनों बीवियाँ खाना पकाने में माहिर थीं। वे फ़िराक़ साहब की पत्नी यानी माता जी का हर काम में हाथ बटाती थीं और रसोईघर देखती थीं। फ़िराक़ के घर हर दिन इतने मिलने वाले आते थे कि चाय और नाश्ता बनाते बनाते ये दोनों औरतें थक जाया करती थीं।

फ़िराक़ साहब आस-पास के लोगों में अपनी धाक जमाने के लिए काशी पहलवान का कभी-कभार सहारा भी लिया करते थे। एक बार फ़िराक़ साहब ने ये बात तक कह दी कि काशी पहलवान अपनी जवानी में चीता से भी लड़ गया था। काशी पहलवान फ़िराक़ साहब के लिए ढाल का काम करता था। घर में चोर उचक्कों और आस-पास के लुटेरों से बचने के लिए काशी पहलवान मददगार साबित होता था लेकिन कभी-कभार जब उसके पास

शराब पीने के पैसे न होते तो वो शराब माँगने के बजाय फ़िराक़ साहब से ही लड़ने लगता था। हीरा फ़िराक़ साहब की बड़ी इज़्ज़त करता था। लाख डाँट पड़ने या गाली खाने पर भी उसने कभी फ़िराक़ साहब को जवाब नहीं दिया। ग़ुस्सा शान्त होने के बाद फ़िराक साहब उसकी दिल-जोई भी किया करते थे। अच्छा खाना, कपड़े और तनख़्वाह से हटकर हीरा साहब को ख़ूब पैसे मिला करते। एक बार फ़िराक़ साहब के एक दोस्त अंसारी साहब जो इलाहाबाद हाई-कोर्ट में वकालत करते थे और कम्युनिस्ट पार्टी के सदस्य थे, फ़िराक़ से मिलने उनके घर आये। हीरा ने अन्दर जा के इत्तेला दी कि कोई "संसारी" साहब आये हैं। फ़िराक़ साहब खिलखिला उठे और बाहर आ के अंसारी साहब को बताया कि मेरा नौकर आपको संसारी साहब कह रहा है। हीरा की मासूमियत भरी इस बात को सुनके अंसारी साहब मुस्कराने लगे। फ़िराक़ ने कहा लेकिन मेरा नौकर ठीक ही तो कहता है। आप कम्युनिस्ट आदमी हैं और कम्युनिस्ट तो संसारी होता है। अंसारी साहब ने कहा "फ़िराक़ साहब आपका नौकर आपकी तरह ज़हीन मालूम पड़ता है।"

फ़िराक़ साहब बोले "हाँ भाई। अच्छा लड़का है।"

चश्मे-बदबू नहीं चश्म-ए-बद्दूर

हीरा साहब घर और बाहर के काम देखते। फ़िराक़ साहब के लिए हर वक़्त हाज़िर रहते। कभी-कभी झाड़ू लगाते वक़्त गाना भी गाते। एक बार फ़िराक़ साहब ने हीरा की तारीफ़ कर दी। बस अब क्या था हीरा साहब चढ़ गये चने के झाड़ पर। उस दिन से हीरा ने मान लिया कि वो अच्छा गाना गाता है। एक दिन किसी कारण हीरा को फ़िराक़ साहब से बहुत डाँट पड़ी।

शाम को हीरा उदास बैठा था कि इतने में फ़िराक़ साहब के सेक्रेटरी रमेश चन्द्र द्विवेदी जी ने हीरा से पूछा "क्या बात है? आज तुम बहुत उदास लग रहे हो?"

हीरा बोला "साहेब ने हमको आज बहुत डाँटा।" मन किया छोड़ के चला जाऊँ मगर नहीं गया।

रमेश जी बोले " क्यों नहीं गये फिर?"

हीरा बोला "ये साहेब बड़े आदमी हैं। पण्डित जवाहरलाल नेहरू के दोस्त हैं। शायद इनके ज़रिये हमे भी कभी मौक़ा मिले पण्डित जी से हाथ मिलाने का। एक बात और है बाबू। आप तो जानते हैं कि मैं अच्छा गाता हूँ। आपने भी मेरे गाने की तारीफ़ की है। फ़िराक़ साहब ख़ुश रहे तो मुझे फ़िलिम में गाना गाने का मौक़ा भी मिल सकता है। अगर ये मौक़ा मिल गया तो मेरे पास ख़ूब पैसा होगा, मुम्बई देखने का मौक़ा मिलेगा और एक सुन्दर-सी हीरोइन से मेरी शादी भी हो जायेगी।

हीरा ये सब बोलते-बोलते सपनों में खो गया। फिर एका-एक बोला "रमेश बाबू आप फ़िराक़ साहब से मेरी सिफ़ारिश करिए। फ़िराक़ साहब

एक बार मेरा गाना सुन लें तो मेरा कल्याण हो जाये। अगले दिन रमेश जी ने मौक़ा देख के फ़िराक़ साहब से ज़िक्र कर डाला कि हीरा साहब आपको गाना सुनाना चाहते हैं।

फ़िराक़ साहब अच्छे मूड में थे। पहले हँसे फिर बोले "अच्छा भाई आज ये ज़ुल्म सह लेता हूँ। बुलाओ हीरा को।"

हीरा साहब शर्माते हुए आये और मुहम्मद रफ़ी साहब का एक गीत गाना शुरू किया "तेरी प्यारी-प्यारी सूरत को, किसी की नज़र न लगे। चश्मे-बदबू (हीरा साहब चश्म-ए-बद्दूर को चश्मे-बदबू ही समझते थे।)

ये सुनते ही फ़िराक़ साहब ज़ोर-ज़ोर से हँसने लगे। बोले "क्या कहा "चश्मे-बदबू।" फिर ठहाके मार के हँसने लगे।

हीरा समझ गया कि उससे कोई ग़लती हो गयी है। फ़ौरन भाग खड़ा हुआ। कई दिन तक फ़िराक़ साहब इस बात को याद करके हँसते रहे।

हीरा बहुत दिनों तक फ़िराक़ साहब के घर काम करता रहा। बाद में उसकी नौकरी किसी हॉस्टल में बावर्ची की हैसियत से लग गयी। काशी पहलवान चल बसे। कुछ दिन बिट्टो काम करती रही पर उसकी माँ भी चल बसी। कुबड़ी बारिन बहुत दिनों तक फ़िराक़ साहब के घर पर रही और आख़िरकार वो भी कहीं चली गयी। फ़िराक़ साहब का नौकरों का वो कमरा सन् 1958 में सूना हो गया।

खेलावन और परसोत्तम महाराज

हीरा और कुबड़ी बारिन के चले जाने के बाद फ़िराक़ का घर सूना हो गया था। बहू जी (फ़िराक़ की पत्नी) मायके जा चुकी थीं। फ़िराक़ साहब बिल्कुल अकेले रहे गये थे। इसी बीच फ़िराक़ साहब को घर में गुलाब उगाने की सूझी।

इलाहाबाद यूनिवर्सिटी के माली को काम पे रखा। तीस रुपये महीने की बात पक्की हुई। माली साहब सुबह-शाम दो-दो घण्टा फ़िराक़ साहब के लॉन में काम करते। एक दिन फ़िराक़ साहब ने उनसे नौकर का ज़िक्र किया। माली साहब ने फ़िराक़ साहब को विश्वास दिलाया कि वो कोई न कोई बन्दोबस्त ज़रूर करेंगे।

कुछ दिन बाद अपने गाँव से एक लड़के को ले आये। उसका नाम खेलावन था। वो सीधा-सादा गाँव का लड़का था। कुछ दिनों में चाय बनाना और बाज़ार करना सीख गया। फ़िराक़ साहब की सेवा करता और घर को साफ़ रखता लेकिन खाना नहीं बना पाता था। फ़िराक़ साहब ने खेलावन से कहा "भाई कोई खाना बनाने वाला मिले तो ले आओ।"

कुछ दिन बाद खेलावन एक आदमी को ले आया जिसका नाम परसोत्तम महाराज था। परसोत्तम एक शादीशुदा आदमी था लेकिन उसकी चाल-ढाल औरतों जैसी थी। ज़रा-सी बात पर रोने लगता और किसी के मनाने से भी न मानता। हाँ! खाना अच्छा बना लेता था।

एक बार फ़िराक़ साहब ने किसी बात पे परसोत्तम को डाँट दिया। फिर क्या था परसोत्तम ने पूरा घर सिर पर उठा लिया। रोते हुए सड़क पर चला गया। इतना शोर मचाया कि पड़ोसी भी बाहर आ गये।

पूछने पर देहाती भाषा में कहने लगा "फिरकवा मारिस है।"

किसी तरह से खेलावन ने उसको शान्त किया और अन्दर ले गया।

कुछ दिन बीते तो परसोत्तम महाराज के गाँव से उनकी पत्नी और कुछ रिश्तेदार इलाहाबाद गंगा स्नान करने आये। परसोत्तम फ़िराक़ साहब के डर के मारे उनको घर नहीं लाया। वे सब बाहर सड़क पर खड़े थे कि इतने में रमेश जी आये। सारा हाल जाना तो सबको अन्दर ले आये और बड़े एहतराम से सबको बैठाया।

परसोत्तम डर रहे थे कि फ़िराक़ साहब कहीं भड़क न पड़ें लेकिन रमेश जी ने भरोसा दिलाया कि कुछ नहीं होगा। फ़िराक़ साहब जब दोपहर को घर आये तो रमेश जी ने सारा माजरा बताया। फ़िराक़ साहब ने रमेश जी की तारीफ़ की और बोले "बेटा, तुमने अच्छा किया कि सबको अन्दर ले आये।" बेचारे गाँव से गंगा-स्नान करने आये हैं इनका आदर-सम्मान करना तो सौभाग्य की बात है। खेलावन को बुलाकर निर्देश दिया गया कि इन सब के खाने-पीने और रहने का अच्छा ख़याल रखा जाये।

फिर क्या था फ़िराक़ का आँगन कुछ दिन के लिए ही सही दोबारा भर गया। फ़िराक़ साहब इन सब लोगों की मौजूदगी से बहुत ख़ुश दिखायी दे रहे थे। ये सब लोग स्नान करने जाते और कुछ प्रसाद वग़ैरा भी ले आते। फ़िराक़ साहब को भी प्रसाद दिया जाता। सब कुछ अच्छा चल रहा था। एक हफ़्ते बाद इन सब लोगों के वापस जाने का वक़्त आ पहुँचा। अगले दिन सुबह की गाड़ी थी। शाम को हर दिन की तरह परसोत्तम फ़िराक़ साहब की मेज़ पर शराब की बोतल रख रहे थे कि इतने में उनके एक रिश्तेदार ने देख लिया। परसोत्तम को बुला कर बोले "पण्डित हो के शराब की बोतल को हाथ लगाते हो। शर्म नहीं आती। गाँव चलो! सबक़ सिखा दिया जायेगा।" परसोत्तम ये सुनके रोने लगे और अगले दिन अपने रिश्तेदारों के साथ वापस गाँव चले गये और कभी न लौटे।

घर में अकेला खेलावन बचा। खाने-पीने की समस्या दोबारा आन पड़ी। खेलावन ने अपने बड़े भाई 'बेनी' को गाँव से बुलवा लिया। दोनों मिल के

कुछ महीने फ़िराक़ साहब के यहाँ काम करते रहे लेकिन एक दिन बेनी बिन बताये गाँव चला गया। एक-दो हफ़्ते बाद खेलावन उसको वापस बुलाने के बहाने गाँव गया और फिर कभी न लौटा।

फ़िराक़ साहब का घर दोबारा सूना हो गया।

फ़िराक़ भक्त "पन्ना"

फ़िराक़ साहब के जीवन से वाक़िफ़ लोगों में शायद ही कोई ऐसा शख़्स हो जो पन्ना को न जाने। फ़िराक़ साहब की ज़िन्दगी में पन्ना का बहुत दख़्ल रहा। हीरा के बाद पन्ना ही एक ऐसा नौकर था जिसमें स्वामी-भक्ति कूट-कूट के भरी थी। पन्ना फ़िराक़ साहब की मृत्यु तक उनके साथ रहा। फ़िराक़ साहब भी उसको बहुत प्रेम करते थे। बड़े से बड़ा आदमी जो फ़िराक़ से मिलने आता था पन्ना से परिचित था। यही पन्ना थे जिसने फ़िराक़ साहब से ये कह दिया था कि "हुज़ूर हमारे बियाह में गाना गा दियो" ये क़िस्सा इस किताब में मौजूद है।

फ़िराक़ साहब के देहान्त के बाद, इलाहाबाद में जो भी सम्मेलन फ़िराक़ की याद में होते पन्ना उसमें बुलाए जाते। अपने गुरु, अपने फ़िराक़ पर माल्यार्पण करते और कुछ शब्द भी बोलते। आपको जानकर हैरानी होगी लेकिन ये सत्य है कि पन्ना ने फ़िराक़ साहब की मौत के बाद शायरी शुरू कर दी थी। पन्ना ने अपना तख़ल्लुस भी फ़िराक़ रखा था। पन्ना के गाँव में लोग उसको फ़िराक़ के नाम से ही जानते थे। पन्ना शायरी करते थे और किसानी से अपना पेट पालते थे। कभी-कभार आल्हा भी गाते और गीत वग़ैरा भी।

पन्ना से गुफ़्तगू कर चुके लोग बताते हैं कि पन्ना से बात करने पर ये महसूस हो जाता था कि उन पर किसी महान व्यक्तित्व की परछाईं रह चुकी है। पन्ना अक्सर रमेश जी से मिलने इलाहाबाद आया करते थे। दोनों फ़िराक़ को याद करते और कुछ आँसू बहाते हैं।

फ़िराक़ का ही शे'र है
तू भी आमादा-ए-सफ़र हो फ़िराक़
क़ाफ़िले लगे उस तरफ़ जाने

आख़िर में पन्ना भी "उस तरफ़" यानी परलोक अपने गुरु के पास सिधार गये।

मनोहर और फ़िराक़ साहब

मनोहर एक उन्नीस-बीस साल का लड़का था जो पन्ना साहब का हाथ बटाने आया था। एक नौकर से काम नहीं चल पा रहा था सो मनोहर बाबू बुलाये गये थे। मनोहर सीधा-सादा होशियार और ईमानदार लड़का था। कुछ दिनों में ही उसने फ़िराक़ साहब का दिल जीत लिया। घर के सारे काम करता और बाहर के भी काम देखता। फ़िराक़ साहब भी उसको अपने बेटे जैसा मानते थे।

लगभग सात महीने बाद मनोहर ने गाँव जाने की बात फ़िराक़ साहब से की। फ़िराक़ साहब राज़ी हो गये। मनोहर ने कहा कि "वो तीन चार दिन बाद लौट आयेगा।" आख़िर वो रवाना हुआ। लगभग एक महीना बीत गया लेकिन मनोहर वापस नहीं आया। इधर फ़िराक़ साहब परेशान हो रहे थे। एक चिठ्ठी भी लिख भेजी लेकिन उसका कोई जवाब नहीं आया। फ़िराक़ को चिन्ता होने लगी और एक दिन फ़िराक़ साहब एस.एस.पी ऑफ़िस पहुँचे। पूरा माजरा बताने पर एस.एस.पी साहब ने मशवरा दिया कि "हम एक सिपाही उसके गाँव भेजते हैं तो उसका पता चल जायेगा।" फ़िराक़ साहब ने आग्रह किया कि "मनोहर या उसके घरवालों को ज़रा भी डराया न जाये क्योंकि पुलिस को देख के वो लोग वैसे ही डर जायेंगे।" फिर क्या था एक सिपाही मनोहर के गाँव रवाना कर दिया गया।

तीन-चार दिन बाद सुबह-सुबह एक सिपाही मनोहर को ले के फ़िराक़ साहब के घर पहुँचा। मनोहर फ़िराक़ साहब को देख के रोने लगा। सिपाही ने फ़िराक़ साहब को सलाम किया और चलता बना। फ़िराक़ साहब ने मनोहर को चुप कराया और बोले "बेटा क्या बात है तुम वापस क्यों नहीं आये?

मनोहर बोला "साहब हमारे पिता जी बहुत बीमार थे।" उनकी तीमारदारी में लगा हुआ था तो कैसे आता?

फ़िराक़ साहब बोले "अरे! बेटा तार कर देते।" कम से कम मैं कुछ रुपये-पैसे भिजवा देता तुमको।"

मनोहर क्या बोलता सिर झुकाये रहा। दस-पन्द्रह दिन काम करने के बाद मनोहर ने फ़िराक़ साहब को बताया कि उसके पिता जी ने उसकी शादी तय कर दी है। उसको दो महीने की छुट्टी चाहिए होगी और कुछ पैसे भी। फ़िराक़ साहब ने उसको दो सौ रुपये दिये और पूछा "बेटा शादी होने के बाद यहाँ काम करोगे या नहीं?" मनोहर बोला "जी करूँगा और उम्र भर आप के यहाँ ही काम करूँगा।"

मनोहर वापस गाँव चला गया और ठीक दो महीने बाद अपनी पत्नी के साथ लौटा। फ़िराक़ साहब के लिए लड्डू का एक डब्बा भी लिए था। फ़िराक़ साहब ने उसको गले से लगा लिया। मनोहर और उसकी पत्नी ने फ़िराक़ साहब के पैर छुए और उनका आशीर्वाद लिया। फ़िराक़ साहब ने ख़ूब दुआयें दीं। मनोहर को अन्दर का एक कमरा दे दिया गया। फ़िराक़ बोले "बेटा तुम लोग इसे अपना ही घर समझो। किसी भी चीज़ की चिन्ता न करना।" फ़िराक़ का सूना घर दोबारा जगमगा उठा था।

उन दिनों फ़िराक़ साहब विवाह के पवित्र बन्धन पर गुफ़्तगू करते। ऐसी-ऐसी बातें बताते कि अगर उनको जमा कर लिया जाता तो एक किताब बन सकती थी। घर में नव-विवाहित वधू होने के कारण फ़िराक़ साहब ख़ुद पर बड़ा ज़ब्त करते। शराब खुलेआम न पीते, धीरे बोलते, गाली-ग़लौज न करते लेकिन ये सब आख़िर कब तक चलता। एक बार एक हिन्दी प्रेमी आगरे से आये और साथ में शराब की बोतल भी ले आये। उन दिनों फ़िराक़ साहब का एक लेख बहुत चर्चा में था जो हिन्दी भाषा पर लिखा गया था। ये साहब उसी पर बहस करने आये थे।

शराब का दौर चलने लगा और पीने के बाद ये साहब फ़िराक़ साहब को बुरा-भला कहने लगे। आख़िर फ़िराक़ साहब भी कब तक सहते। देखते-

देखते माहौल ख़राब हो गया। दोनों लोगों में गाली-ग़लौज की नौबत आ गयी। फ़िराक़ साहब उस रात बहुत देर तक शराब पीते रहे।

दूसरे दिन सुबह उठे तो मनोहर को बुलाया और बोले "बेटा तुम लोग यहाँ से चले जाओ। यहाँ का माहौल अच्छा नहीं है। मैं नहीं चाहता कि तुम दोनों को मेरी तरफ़ से कोई तकलीफ़ पहुँचे।"

मनोहर बोला "साहेब मैं भी यहाँ से जाना चाहता हूँ क्योंकि गाँव में पिताजी अकेले हैं और बीमार हैं। उनकी देखभाल करने वाला हमारे सिवा कोई नहीं है।

दो-तीन दिन बाद मनोहर और उसकी पत्नी ने अपना सामान बाँधा फ़िराक़ साहब के पाँव छुए और वापस अपने गाँव चले गये।

फ़िराक़ साहब और बेटे "रामजी"

एक बार घर में नौकरों की किल्लत थी सो फ़िराक़ के एक जानने वाले ने बिहार का एक नौकर भेजा। नाम था रामजी। रामजी बिल्कुल पहलवान आदमी थे। ख़ूब खाते ख़ूब मेहनत करते। फ़िराक़ साहब के पूरे घर में झाड़ू मारते और लॉन में माली का काम भी करते। कहते कि "हम हैं तो माली की क्या ज़रूरत?" रामजी खाना बनाना नहीं जानते थे मगर चाय बनाना जानते थे। सुबह तीन बजे उठ जाते। नहाते-धोते और फ़िराक़ साहब के जगते ही उनके लिए चाय बना लाते। एक कमी उनमे ये थी कि दस बार आवाज़ देने पर ही सुनते थे। फ़िराक़ साहब इनका नाम लेकर ख़ूब चिल्लाते तब जा के ये कहीं सामने आते। इसके चलते अक्सर फ़िराक़ साहब से रामजी को बहुत डाँट पड़ती। एक बार रामजी बाहर झाड़ू लगा रहे थे। अन्दर से फ़िराक़ साहब ने आवाज़ लगाई। आदत से मजबूर रामजी ने उस तरफ़ कुछ ध्यान न दिया। फ़िराक़ साहब चिल्ला-चिल्ला के थक गये और ग़ुस्से में ग़ाली देते हुए बाहर आये। कहने लगे "क्यों राम जी? मैं कबसे तुम्हारा नाम ले ले के चिल्ला रहा हूँ। सुनते क्यों नहीं हो?

रामजी ने बड़ी मासूमियत से जवाब दिया। बोले "साहेब ! तुम बड़े पापी आदमी हो। शराब पीते हो, माँस खाते हो। पापी हम भी हैं क्योंकि हम बीड़ी पीते हैं लेकिन तुम बड़े पापी हो। कम से कम तुम मेरा नाम लेने के बहाने 'राम जी, राम जी' कहते हो। इससे तुम्हारे पाप कटते हैं। इसी से तुम्हारी मुकुती (मुक्ति) हो जायेगी।"

फ़िराक़ साहब रामजी का ये जवाब सुनकर सन्न रह गये और फिर कभी रामजी पे ग़ुस्सा नहीं हुए। एक दिन फ़िराक़ साहब ने रिक्शा बुलाया और

रामजी को ले के एक बड़े कपड़े की दुकान पहुँचे। फ़िराक़ साहब के साथ उनके सेक्रेटरी रमेश चन्द्र द्विवेदी जी भी थे। रामजी के लिए कुर्ता, धोती और बहुत कुछ ख़रीद डाला।

रामजी बहुत ख़ुश हुए। बाहर निकले तो दो बीड़ी जलायी। एक ख़ुद के लिए और दूसरी अपने साहब फ़िराक़ के लिए। फ़िराक़ साहब ने बीड़ी ली और पीते हुए बोले "रमेश! ये प्रेम की बीड़ी है। रामजी के पास जो सबसे क़ीमती चीज़ थी उसने मुझे दे दी। बीड़ी पी के फ़िराक़ साहब साहब कॉफ़ी हाउस पहुँचे।

फ़िराक़ साहब को देखते ही सब लोग खड़े हो गये और अपनी-अपनी कुर्सी पेश करने लगे। रामजी ये देख के हैरान थे। राम जी तब तक नीचे बैठने लगे लेकिन फ़िराक़ ने उनको कुर्सी पर बैठने को कहा। रामजी कुर्सी पर बैठ ही नहीं रहे थे। आख़िर फ़िराक़ साहब को डाँटना पड़ा तब जाके राम जी कुर्सी पर बैठे।

फ़िराक़ साहब ने कॉफ़ी का ऑर्डर दिया और कुछ खाने-पीने का भी। रामजी के लिए पकौड़ियों की दो प्लेट, एक कॉफ़ी, कुछ टोस्ट और मक्खन मँगाया गया। ये सारी चीज़ें जैसे ही सामने आयीं रामजी ने झट से ख़त्म कर दीं। कॉफ़ी पीते ही खाँस पड़े और टेबल पर सारी कॉफ़ी फैल गयी। सामने बैठे एक साहब की क़मीज़ पर भी कुछ छीटे पड़ गये।

फिर थूकते हुए बोले "साहेब! कोई ससुरा चाय में सुर्ती मिला दिहिस है।" ये सुनके सब हँसने लगे। बात अस्ल में ये थी कि राम जी ने पहली बार कॉफ़ी पी थी तो उनको लगा किसी ने चाय में तम्बाकू मिला दिया है।

फिर फ़िराक़ साहब से मुख़ातिब होकर बोले "साहेब! तुम कौन हो? तुमको देख के सब मनई खड़े हुई जात हैं। सब तुमका नमस्ते करत हैं। तुम कौन हो? हमका बता दो?"

रामजी के मासूमियत भरे सवाल सुनकर सब लोग ठहाके लगाने लगे। ख़ैर लगभग एक घण्टे बाद फ़िराक़ साहब वापस घर लौट आये।

एक दिन रामजी ने रमेश जी कहा "साहेब! हमारा जी घबरा रहा है। ज़रूर कोई बीमार पड़ेगा, या तो हमारे पिता जी बीमार पड़ेंगे या मालिक। हुआ भी

ऐसा ही। दो तीन दिन बाद फ़िराक़ साहब बीमार पड़ गये। एक दम निढाल हो गये। डॉक्टर बुलाया गया।

दवा देने के साथ साथ सिगरेट और शराब छोड़ने को कह गया।

रामजी ने ये सुनते ही सारी शराब की बोतलें छिपा दी। फ़िराक़ के लाख माँगने पर भी उनको शराब न देता। फ़िराक़ साहब की ख़ूब सेवा करता। दिन में मालिश करता, रात में सिर दबाता। फ़िराक़ साहब के कमरे में ही नीचे बिस्तर बिछा के पड़ा रहता ताकि रात-बिरात कोई बात हो तो फ़िराक़ साहब की मदद कर सके।

एक दिन फ़िराक़ साहब को निढाल-सा देखा तो कहने लगा "बाबू तुम शेर हो। कुछ बोलो। शेर दहाड़ते हुए अच्छा लगता है चुपचाप नहीं। ये कहते कहते वो फ़िराक़ साहब का हाथ पकड़ के रोने लगा। फ़िराक़ साहब ने उसको अपने बग़ल में बिठाया और बोले "बेटा रामजी, हमको माफ़ कर दो। हमने तुमको बहुत डाँटा-फटकारा।" ये कहते हुए फ़िराक़ साहब की भी आँखों में आँसू आ गये। रामजी बोले "नहीं बाबू। आप हमसे माफ़ी न माँगो, हम बहुत छोटा आदमी हूँ।

ख़ैर! कुछ दिन में डॉक्टर की दवा ने और रामजी की सेवा ने फ़िराक़ साहब को चंगा कर दिया। फ़िराक़ जब बिल्कुल तंदरुस्त हो गये तो ख़ुद शराब की बोतल ले आया और बोला "जितना पीना हो पियो बाबू! अब हम नहीं रोकेंगे। फ़िराक़ अब रामजी को 'बेटा राम' कहने लगे थे। ख़ूब दुलार करते और कभी न डाँटते। यूँ ही कुछ महीने और गुज़रे।

एक दिन रामजी ने फिर कहा "बाबू हमारा जी घबरा रहा है। फिर से कोई बीमार पड़ेगा।" कुछ दिन बाद ख़त आया कि रामजी के पिता बहुत बीमार हैं। रामजी घबरा गये और फ़िराक़ साहब से बोले "बाबू हमको गाँव जाना होगा। अब हमारे सहारे मत रहना। हमारा बाप बहुत बूढ़ा आदमी है। इस बुढ़ापे में भी मजूरी करता है सो हम अब वहीं रह के उसकी सेवा करेंगे।" राम जी ने अपना सामान बाँधना शुरू किया। इधर फ़िराक़ साहब ने अपने बेटे रामजी के लिए बहुत सारे कपड़े ख़रीद दिये। चार पाँच महीने की तनख़्वाह बढ़ा के दे डाली। मिठाई और बहुत-सा सामान, उसके लिए इन्तज़ाम कर दिया।

आख़िर वो दिन आ गया जब रामजी को जाना था। फ़िराक़ साहब ख़ुद स्टेशन पहुँचाने गये। फ़िराक़ साहब के साथ तीन चार लोग और भी थे। फ़िराक़ बार-बार राम जी को समझा रहे थे। पैसे सँभालकर रखना और पहुँचते ही ख़बर कर देना।

थोड़ी देर बाद ट्रेन आ गयी। रामजी को सवार करा दिया गया। ट्रेन हल्की-सी चली ही थी कि रामजी ट्रेन से कूद पड़े और फ़िराक़ साहब के पैर छूने लगे। अफ़रा-तफ़री मच गयी। फ़िराक़ चिल्लाए "अरे! कोई ट्रेन रोको" एक साहब ने चैन खींच दी। ट्रेन रुक गयी।

फ़िराक़ बोले "बेटा ऐसा नहीं करते।" रामजी रोते हुए दोबारा डिब्बे में सवार हुए। ट्रेन चल पड़ी। फ़िराक़ साहब तब तक खड़े रहे जब तक ट्रेन आँखों से ओझल न हो गयी। आँखों में आँसू लिए फ़िराक़ साहब वापस घर पहुँचे।

कई महीनों तक फ़िराक़ साहब अपने बेटे रामजी को पैसे भेजते रहे और उसका हाल-चाल लेते रहे। धीरे-धीरे ये सिलसिला थम गया। वक़्त की रफ़्तार में दोनों धीरे-धीरे एक दूसरे को भूल गये...।

भगत जी और फ़िराक़

फ़िराक़ साहब का नौकर पन्ना कुछ दिन के लिए छुट्टी लेकर चला गया। बड़ी परेशानी आन पड़ी। अब नया नौकर कहाँ से लाया जाये? एक दिन एक भगत जी (साधु महाराज) भिक्षा माँगते हुए फ़िराक़ साहब के घर पहुँचे। फ़िराक़ साहब ने उनको अन्दर बुलाया कुछ पैसे दिये और सीधे अपने यहाँ काम करने की पेशकश कर दी। बोले "भगत जी आप यहाँ काम कीजिए। आपके रहने खाने की दिक़्क़त दूर हो जायेगी और तनख़्वाह भी मिलेगी।" अजीब बात थी कि भगत जी फ़ौरन राज़ी हो गये।

अब भगत जी फ़िराक़ के घर रहने लगे। खाना नहीं बनाना जानते थे मगर धीरे-धीरे चाय बनाने लगे। भगत जी सुबह जल्दी उठते, नहाते-धोते फिर फ़िराक़ साहब के लिए चाय बना देते। कभी-कभी फ़िराक़ साहब को भजन वग़ैरा भी सुनाते। भगत जी गाँजा पीने के शौक़ीन थे। ख़ूब दम लगाते और मौज उड़ाते। कच्ची-पक्की अध्यात्म की बातें भी करते। फ़िराक़ साहब को बड़ा लुत्फ़ आता। भगत जी शराब की बोतल को हाथ नहीं लगाते थे। ये काम फ़िराक़ साहब को ख़ुद करना पड़ता।

एक दिन भगत जी के कुछ साधु दोस्त फ़िराक़ साहब के घर आ पहुँचे। चिलम पर चिलम जलने लगी। फ़िराक़ साहब को भी चिलम दी गयी। फ़िराक़ साहब ने भी दम लगाया। एक साधु जी बोले "गाँजा या तो राजा पिए या जोगी। हर कोई ये शौक़ नहीं कर सकता। गाँजा मलाई, रबड़ी माँगता है। वरना शरीर इसकी मार नहीं झेल सकता।" रात को सभी साधु चले गये।

अगले दिन से फ़िराक़ साहब चिलम पीने लगे। शराब छूट गयी। कुछ दिनों में फ़िराक़ के अन्दर अजीब बदलाव आने लगे। फ़िराक़ का ग़ुस्सा ख़त्म

हो गया। बड़े गम्भीर रहने लगे। चिलम लगाते और मलाई खाते। इसका असर ये हुआ कि फ़िराक़ साहब को खाँसी हो गयी। सुबह-सुबह उठते तो बहुत खाँसते। इधर भगत जी को रहते रहते लगभग चार महीने हो गये। भगत जी अब शराब पीने लगे थे। कभी-कभार कुछ रूपयों की चोरी भी करते।

सब कुछ अच्छा चल रहा था कि अचानक एक दिन पन्ना साहब वापस आ गये। अब सब कुछ ठीक हो गया। खाना बनाने की दिक़्क़त दूर हो गयी। इसी बीच भगत जी से कहा गया कि अब आप अपना बोरिया-बिस्तर समेट लीजिए। भगत जी भड़क गये और बोले "मेरी भिक्षा माँगने की आदत छूट गयी है लिहाज़ा अब मैं यहीं रहूँगा।" शाम को गये और अपने साधु दोस्तों को बुला लाये। सबने फ़िराक़ साहब के घर में जम के हंगामा किया। मरने-मारने को तैयार हो गये। फ़िराक़ साहब ने सबको चुप कराया और बोले "भाई! कोई नहीं भगाएगा भगत जी को।" आप सब अन्दर चलिए! हम सब मिलके दम लगाते हैं।

सारे साधु अन्दर बैठ के दम लगा रहे थे कि इतने में फ़िराक़ साहब मौक़ा देख के उठे और पास के पुलिस थाने में चले गये और वहाँ के कप्तान साहब को सारा माजरा बताया। कप्तान फ़िराक़ साहब को जानता था और ये भी जानता था कि फ़िराक़ की पहुँच प्रधानमन्त्री तक है। कप्तान साहब ने लगभग दस सिपाही फ़िराक़ साहब के घर भेजे।

सारे साधु आराम से चिलम मार रहे थे। पुलिस को देखते ही डर गये। सिपाहियों ने सबको गिरफ़्तार कर लिया और अपने साथ ले गये। फ़िराक़ साहब ने कप्तान साहब से कह दिया था कि "इनको मारिये-पीटिएगा मत। बस इन सब को फाफामऊ छोड़ दीजियेगा इस हिदायत के साथ कि ये सब इधर दोबारा न आयें।"

इस प्रकार भगत जी का क़िस्सा ख़त्म हुआ।

❑❑